KB031252

오전약수관광지
오전애 농촌체험마을
오로(창마)마을
국립백두대간수목원
물야면
외씨버선길
다덕약수관광지
우곡성지
닭실마을
문수골 가재체험마을
봉화읍
봉성면
바래미전통마을
황전전통마을
은어·송이축제 체험장
봉성돼지숯불단지
명호면
청량산비나리마을학교
상운면
사진찍기 좋은 경관명소
우구치계곡
춘양목군락지
축서사
이몽룡생가(계서당)
북지리마애여래좌상 (국보제201호)
지림사
천성사
봉화유기마을
청암정
석천계곡
솔숲갈래길
봉화역
봉화군청
버스터미널
도암정
승마체험장
문단역
구룡산 (1,344m)
선달산 (1235.9m)
옥돌봉 (1244m)
봉황산 (822m)
문수산 (1207.6m)
매봉산 (587m)
만리산 (791.6m)
풍양산 (762m)
응봉산 (617m)
파리봉 (496.9m)
88
915
918
36
영월
영주·부석면
영주

문수봉
(1515m)
조록바위봉
(1088m)
초암봉
(1054m)
진화산
(1054m)
태백
삼방산
(1176.2m)
면산
(1245.4m)
삼척 가곡면
세계 최남단 열목어서식지
(천연기념물 74호)
청옥산
(1276.5m)
백천계곡
봉화열목어마을야영장
현불사
고랭지채소재배단지
석포면사무소
석포역
석포농협
반야계곡
석포면
오미산
(1077m)
백병산
(1154m)
청옥산자연휴양림
미슐랭 그린가이드
★길 구간
승부역 가는 길
환상선눈꽃열차
홍제사
비룡산
(1130.2m)
영암선개통기념비
승부역
고향펜션캠핑
봉화별캠핑장
마방캠핑장
낙동강세평하늘길
봉화솔향가득
서울캠핑장
낙동정맥트레일
양원~승부 비경길
양원역
체르마트길
화장산
(862m)
고선계곡
고선캠핑장
분천리도토리집
분천리까치구멍집
비동역
춘양면
옥수천
무진파크랜드
의양리석조여래입상
현동역
소천면
광비천계곡
분천
산타마을
옥방휴게소
소천면사무소
소천농협
황토테마파크
오록규비
녹색농촌체험마을
율곡관광농원
구가랑
녹동역
소천메밀꽃단지
남회룡계곡
임기역
제비산
(917m)
장군봉
(1,137m)
봉산류씨재사
미림산
(685m)
갈산타슬기체험마을
(갈산구곡길)
재산면
조산봉
(855m)
우련전분교
봉화터널
영양터널
영양
재산농협
재산면사무소
이숙봉호자각
재산수박재배단지
동면저수지
일월산
(1217m)
고인돌(자석묘군)
역산봉
(690m)
동면리애비로자나불입상
영양

시 읊으며 거닐었네

② 에덴의 동쪽

박대우 글 | 오용길 그림

오용길, 봉화를 그리다

오용길, 이화여대 명예교수(조형예술대학장), 한수정 스케치. 2020

"오용길만큼 먹을 잘 다루고 사물을 다뤄본 사람 있냐?"

자타가 인정하는 오용길의 실경산수화는 동양적 전통 화법이면서 그가 지향하는 새로운 경지임에 틀림없습니다.

오용길의 그림은 순수한 먹빛과 신선한 담채가 그의 치밀한 용필을 만나 수묵이 생동하는 생명을 얻어서 실경보다 더 화사한 풍경입니다. '산비탈의 밭이랑, 산수유 핀 시냇가, 돌담 사이로 나지막한 지붕'의 그림에서 누구나 고향마을의 서정을 느끼게 합니다.

詩와 그림의 만남은 한국화의 특징입니다. 《시 읊으며 거닐었네》는 詩의 효과를 창출하고자 오용길의 그림을 차용하였습니다.

2020년 10월, 《시 읊으며 거닐었네》 연작을 위해 오용길과 함께 스케치 여행을 하였습니다. 그는 예천 금당실, 영주 무섬마을, 봉화 닭실 마을의 가을을 화첩에 담았습니다.

그의 스케치는 경물과 자신이 일체가 되었습니다. 시냇가 누정이 말을 걸어오고 산들바람과 시냇물의 움직임이 느껴집니다. 서울예고에서 닦은 소묘와 수채화의 조형적인 감각을 바탕으로 화선지에서 물감이 발색하는 메카니즘을 터득하면서, 하루도 붓을 놓지 않는 성실함과 누구에게나 애정 어린 열린 마음의 결과입니다.

1936년에 결성되어 운보 김기창의 사후死後 지금까지 후소회後素會 회장을 맡고 있는 오용길은 현존하는 한국화 화단의 독보적 존재입니다.

{차례}

1. 에덴의 동쪽

춘양역에서

기차가 봉화역을 출발하자, 아이들은 소리를 질렀다.

"어 어 어, 전봇대가 뒤로 간다이."

철로변의 전봇대가 뒤로 움직였고, 건너편의 신작로가 점점 가까이 다가왔다. '꽤액' 기적을 울리면서 신작로를 가로질렀다.

건널목 차단기遮斷機 앞에 우리 동네 사람들이 서 있었다. 우리는 손을 흔들고 고함을 질렀으나, 기차는 어느 새 내성천 철교 위를 철거덕거리더니 유곡 터널 속을 검은 연기를 흩뿌리며 들어갔다. 매캐한 석탄 연기가 열차 안으로 들어왔다. 아이들은 코를 잡고 터널을 빠져나갈 때까지 숨을 참아야 했다.

길이가 짧은 터널을 몇 번 드나들더니 법전역을 지나서 또 터널 속으로 들어갔다. 캄캄한 터널 속을 지날 때마다 창문도 없는 화물칸에서 아이들은 매캐한 연기에 코를 막고 콜록거렸다. 갑자기 환하게 세상이 밝아지면서 하늘에 매달린 듯 가물가물한 철교 위를 철거덕거리며 건너자 아이들은 겨우 숨을 크게 쉴 수가 있었다.

'꽤액~꽥' 기적을 울리면서 비행기가 선회하듯 열차가 오른쪽으로 기울어져 원을 그리며 나아가자, 마치 소인국의 마을처럼 조그맣고 아기자기한 시가지와 사람들이 인형처럼 다가왔다. 춘양시장과 버스터미널·춘양면사무소·현마를 차례로 한 바퀴 빙 돌아서 춘양역에 닿았다. 춘양역 플랫폼에서, 아이들은 새까만 얼굴로 하얀 이빨을 드러내어 서로서로 마주보며 깔깔대었다.

철로 변에 목재들이 산더미처럼 쌓여있는 춘양역을 빠져나오자, 역전의 큰길에는 다방·식당·가게들이 즐비하고 유성기 소리와 중국 음식(짜장면) 냄새가 새어나왔다.

사람들이 붐비는 골목을 지나서 곧 냇가에 닿았고, 다리를 건너자마자 왼편 언덕 아래의 우거진 숲속으로 빨려 들어갔다. 숲속에는 기왓장마다 검버섯이 돋아난 정자가 있었다. 마치 타임머신을 타고 과거로 들어온 느낌이었다. 귀가 먹먹했던 열차 바퀴의 소음까지도 빨아들인 듯 고적한 정자의 숲은 수백 년 묵은 고목들이 저마다 가지를 길게 뻗어서 정자를 끌어안고 있었다. 그 숲의 나무둥치 아래 둘러앉아서 아이들은 꽁보리밥과 장아찌 도시락에 삶은 고구마를 나눠 먹었고 수건돌리기와 보물찾기를 하였었다.

나는 춘양역에 내렸다. 초등학교 시절, 기차 타고 소풍 왔던 기억을 되새기며 주위를 살폈다. 목재들이 빈틈없이 산더미처럼 쌓였던 철로변은 휑하니 비었고, 역사驛舍는 새로 지었으나 대합실은 간이역처럼 한산했다. 춘양역이 변하지 않고 옛 모습 그대로일 수는 없다. 그러나 소중한 무엇을 잃어버린 듯 허전하였다.

1955년 7월 1일 영춘선(영주 - 춘양)이 개통되던 그해 가을, 다른 반 아이들은 소풍 때마다 가던 석천계곡으로 갔지만, 우리 반은 담임을 맡은 홍석주洪錫疇 선생님이 주선하여 무임승차했다. 춘양이 고향이신 선생님은 훗날 법전초등학교 교장이 되어 소음과 진동이 심한 철로 변의 교사校舍를 옛 장동獐洞 장터로 옮기는 역사役事를 이루기도 했다.

생텍쥐페리의 《어린왕자》에서, 양洋을 그려달라는 어린왕자에게 상자를 그려주었을 뿐인데, 어린왕자는 그 상자에서 양의 모든 존재 가능성을 스스로 발견하였다. 단지 임시열차 화물칸에 아이들을 태웠을 뿐인데, 아이들은 '은하철도 999'를 타고 하늘을 날았다.

유년의 아슴한 기억들이 빛바랜 흑백사진처럼 소중하게 여겨지면서 갑자기 잔잔한 그리움이 밀려왔다.

'모든 것은 마음먹기에 달려 있다(一切唯心造).'고 하지 않았던가, 내 어린 시절의 초록빛 추억이 있다는 것, 그 순수함을 아직도 온전히 기억할 수 있는 것만으로 만족해야 할까 보다.

여행은 일반적으로 걷거나 차량을 이용하지만, 마을의 골목길이나 좁은 강둑길을 다니기에는 자전거만큼 편리한 것이 없다.

나는 열차에 싣고 온 접이식 자전거에 올라서, 천천히 페달을 밟았다. 춘양역에서 시가지로 나아가는 길은 번화하고 분주해야 할 역전驛前인데 여느 마을의 골목길이나 다름없이 고즈넉하였다.

1970년대까지만 해도 태백산 지역에서 벌채된 목재가 춘양역 역두驛頭에 빈틈없이 쌓였다가 대도시로 운송되어 금강송이 '춘양목'으로 알려지면서 목재를 가득 실은 제무시(GMC)들이 쉴 새 없이 드나들고, 일확천금을 노리고 몰려든 목상木商과 일자리를 찾아온 노동자들이 북새통을 이루던 골목, 다방과 식당이 즐비하였다.

오 허이 / 오 허이 ‖ 오 허이 / 오 허이
어 허이 / 어 허이 ‖ 허여차 허여 / 허여차 허여
허여차 허여 /허여차 허여 ‖ 허여헝 허여 / 허여헝 허여
여 놓고 / 여 놓고 ‖ 허이 요 / 허이 요

- 강원도 정선의 목도소리

기중기나 지게차가 없던 시절, 혼자서는 옮기기 힘든 원목을 목도줄에 걸어 2목도에서 8목도까지 짝을 지어 옮기면서 호흡이 맞지 않으면 다치기 쉽기 때문에 앞사람이 메기는 소리를 받아 반복하면서 발을 맞추어 움직인다. 춘양역에 쌓였던 그 많던 목재들은 기관차가 아니라, 그 목도꾼들이 서울까지 실어 날랐던 셈이다.

아, 힘에 겨운 목도소리가 들리는 듯 아련한데, 빛바랜 간판은 역驛의 흥망성쇠와 무관할 수 없는 운명 공동체인가 보다.

나는 운곡천 다리를 건너서 춘양초등학교와 한수정 사이의 의양로를 지났다. 한수정은 길 왼편 담장 아래의 숲속에 고즈넉하고, 한수정 담장 길 반대편은 시냇물이 흐르는 해자垓字 뒤로 춘양초등학교

의 현대식 건물이 햇볕에 반짝인다. '맑은 정신으로 공부하라'는 한수정寒水亭의 전통이 춘양초등학교로 이어졌다.

1910년 춘양에 사립 소학교가 봉화군에서는 처음으로 문을 열었을 당시, 걸어서 통학할 수 없이 먼 지역에서는 춘양에 하숙을 정해서 유학하였으나 소꼴을 베고 농사일을 거들어야 하는 처지의 산촌의 무지렁이 아이들에게는 꿈도 꿀 수 없었다.

오늘날 춘양초등학교는 인근의 법전·애당·삼동·눌산 학교를 통폐합한 농촌 중심지의 학교로서, 학교를 보듬고 둘러 선 고목들 사이로 말끔히 단장한 현대식 건물은 아침 안갯속에 스쿨버스를 타고 등교하는 어린왕자들을 반긴다.

억지 춘양장터

춘양의 중심지역(downtown)은 남북으로 뻗은 도로(의양로) 변의 상가를 중심으로 버스터미널과 농협이 상가와 어우러지고, 면사무소와 보건소, 경찰지서가 뒤에서 받치고 있다.

문수산 만석봉 기슭에는 춘양장을 처음 개설한 능금장수의 혼을 기리는 당집이 있다. 시장 상인들은 해마다 고사를 지내고 있으나, 농촌 지역의 인구 감소와 대형마트 등장, 온라인 쇼핑몰 거래로 전통 시장이 침체한데다, 영림서, 철도보선사무소, 전매서가 옮겨가고 태백과 울진 간 31호, 36호 국도의 확장으로 춘양을 경유하지 않고 자동차들이 직통하면서, 오지奧地의 섬으로 변해가고 있다.

'행복을 여는 산림휴양지 봉화, 억지춘양시장' 간판이 붙은 시장 안으로 들어갔다. 마을 가운데를 사선斜線으로 뻗어 있는 상설시장이다. 건물 2층 높이의 캐노피 지붕 밑으로 불을 환하게 밝힌 고소한 참기름집·방앗간, 농기구·농약, 어물전과 식육점, 한식·중식당, 양복·한복·신발… 없는 게 없이 즐비하게 늘어선 각종 상가들.

한 식당으로 들어가서 음식을 주문했더니, 먹을 만큼의 쇠고기를 직접 사오라고 하였다.

'식재료를 손님에게 시키다니…'

나는 식당 주인의 처사가 못마땅했지만 식육점을 찾아 나섰다. 쇠고기는 생산지와 부위部位에 따라서 맛과 가격이 다르다는 것을 알고 나서, 결코 식당 주인의 억지가 아니라 고객에게는 가격과 품질의 투명한 서비스를 제공하고, 식당이 독점하지 않고 식육점과 공정하게 협업하는 미래지향적인 시스템이라는 것을 알았다.

마실
1-56
정조로 906번길

점심때가 지나서 식당 안이 한산했다.

내 나이 또래의 식당 주인이 무료한지 하품을 하다가 나와 눈이 마주치자 말을 걸어왔다.

"어데서 왔니껴?"

낯선 여행자에게 묻는 말이기도 하지만, 통상적인 인사라는 것을 나는 알고 있다.

"네"

음식이 입안에 있어서 짧게 대답했다. 주인이 머쓱할 것 같아서, 이런 저런 이야기를 주고받다가, 음식이 푸짐하다는 놀부 보쌈집은 더러 있는데, 하필 가난한 '흥부식당'인지 물었더니,

"음식 맛이 별로이껴?"

"아, 아니요. 맛있어요."

그는 씩 웃더니, 울진 북면 부구가 고향이란다. 그의 선친先親이 울진 보부상이었는데, 춘양에 정착하여 '어물전(생선가게)'을 열었다가 봉화-울진 간 국도가 생기면서 어물전을 식당으로 바꾸어, '흥부식당'으로 정하였다.

울진 보부상

춘양장은 80년 전부터 울진의 보부상들이 드나들었다. 울진 북면 부구의 홍부장, 죽변장, 울진장에서 해산물을 짊어지고 춘양장까지 150리, 옥방 금강송 숲속의 12령 길을 허위허위 넘었다.

미역 소금 어물 지고 춘양장은 언제 가노
대마 담배 콩을 지고 울진장을 언제 가노 (…)
가노가노 언제 가노 열두 고개 언제 가노
시그라기 우는 고개 내 고개를 언제 가노

울진 보부상은 동해안의 소금, 미역, 간고등어 등 해산물을 구입하여 울진군 북면 두천리에 모인다. 두천리(斗川, 말래)는 곡식을 되는 말(斗)과 같은 지형이며, 출장 다니는 관원들의 숙식과 그들이 타고 온 말(馬)을 먹이는 마구간을 갖춘 두천원斗川院이 있었다.

하룻길이나 되는 두천리 주막에 모여서 상단을 구성하고 하룻밤을 잔다. 20여 명이 한 방에서 잘 수 있는 큰 봉놋방을 가진 집이 2채 있었는데, 숙박 허가를 받고 영업하는 집이 한 채, 무허가 주막집들은 그 집에서 수용하지 못할 때 남은 손님들을 받는다.

사람들이 몰리는 곳에는 술집이 있기 마련이어서, 술을 제조하는 술도가도 있었다. 15채 가량의 민가가 옹기종기 모여 주막거리를 형성하였는데, 그중 6채만 주막 형태로 영업을 하였다.

바릿재의 장평에도 주막이 있었고, 새재에도 주막이 있었고, 샘수골·시치재·저진터·말래·큰넓재·작은빛재·큰빛재·외광비·내광비·작은당귀골·큰당귀골·대광천큰빛내 등 토속적인 명칭의 주막이 있었다. 주막은 음식값만 받고 잠은 그냥 재워주었다.

선질꾼들은 일행끼리 패를 지어 동고동락하면서, 불미스러운 행동에는 해당자를 멍석말이하여 징치하고, 다음날이면 허물을 묻지 않고 함께 장사하러 떠났다고 한다. 그들은 우두머리 중심으로 나름의 규율이 엄격했는데, 주막에서는 우두머리에게 제일 좋은 목침을 넘겨주고 윗자리에 모셨다. 자율적인 규율과 동료의 허물을 묻지 않는 울진 사나이들의 신사적 행동이 멋스럽다.

보부상은 짐을 등에 짊어지거나 머리에 이고 다녀서 붙여진 이름이나, 십이령길 장사꾼은 등짐 지게를 진 채 서서 쉰다고 해서 선질꾼〔立負軍〕이라고 했다. 무거운 등짐을 지고 바람처럼 날아다녔기 때문에 울진 금강송면의 아이들은 선질꾼이 지나가면, '등금쟁이 간다', '날아라 등금쟁이 날아라', '날아간다 날아간다 등금쟁이 날아간다'라고 하였다.

등금쟁이는 물건을 등에 지고 다니면서 팔고, 가지가 없는 쪽지게를 지고 다녔기 때문이다. 오늘날의 슈퍼마켓 세대들에게 저잣거리 풍경은 톨킨의 소설에 등장하는 '호빗(hobbit)'을 연상하게 할 것이다.

춘양 5일장이 열리는 날(4,9장)이면, 소천·석포·법전·명호·봉성면의 남정네들은 새벽부터 나서서 무겁게 짊어지고 온 콩이나 고추, 참깨, 약초 등의 농산물을 팔아서 제사장보기를 하였다. 주막에서 친척이나 친구를 만나서 탁배기(막걸리)와 국마리밥(국밥)을 함께 나누며 농사일로 고단함을 풀기도 하고, 시집 간 딸과 손주들의 안부를 묻고 얼큰하게 취해서 주막을 나서는 장꾼의 손에는 간고등어나 손주들의 고무신이 들려있었다. 해는 이미 기울고 별빛이 초롱초롱한 질마재 고개를 넘고 부엉이 우는 산마을로 두런두런 들어서면 동네 개들이 꼬리를 흔들며 '컹컹' 짖어댄다.

춘양 5일장이 상설시장으로 번성한 것은 금정의 금광산과 대현의 아연광산, 영동선 개통으로 산판의 벌목꾼과 목상木商·춘양역 목도꾼들이 전국에서 모여 들면서 시장이 성황을 이루자, 버스터미널·농협·농약종묘사·다방·식당·정미소가 하나 둘 생겨나면서, 춘양 사람들의 심장이 되어 힘차게 박동하였다.

춘양시장 상인회는 '춘양장'의 옛 명성을 회복하기 위하여, 토요야시장, 백두대간수목원 열차 관광과 전통시장투어에서 산채비빔밥과 꿀밤묵과 배차적(배추전)을 먹을 수 있는 산나물 장터, 〈가노가노 춘양장에 언제가노〉 마당극, 억지춘양축제 등 다양한 프로그램을 개발하고 있다.

'억지'의 사전적 의미는 '잘 안될 일을 무리하게 기어이 해내려는 고집'을 뜻하는데, 영동선 건설 당시 법전역에서 녹동역까지 직선으로 설계된 철로를 U자 형으로 변경하여 춘양역을 경유하게 한 후, '억지춘양'이란 말이 생겼다. 이는 '갈피에 맞지 않아 될듯싶지 않은 것을 억지로 하는 것'을 의미하는 말로 고착固着되었다.

에덴의 동쪽

'억지춘양시장'을 한 바퀴 돌아서, 춘양 나들목 근처의 운곡천 '소로교' 위에 자전거를 세웠다. 고대 부족국가 '소라국'이 있었던 곳으로, 춘양을 '소라고기召羅古基'라 하였다. 햇살이 눈부신 춘양은 문수산을 병풍처럼 두르고 문수산에서 발원한 운곡천이 들판 가운데로 흐르면서 유역의 농토가 기름지고 주변의 경물景物이 아름다워 사람들이 모여 들면서 부족국가를 이루었을 것이다.

「하나님이 에덴동산에서 그를 내보내어 에덴동산 동쪽에
그의 근원이 되는 땅을 갈게 하시니라.」

'문수산이 「에덴동산」이라면, 춘양은 「에덴의 동쪽」이다. 문수산은 신의 영역이요, 춘양은 인간의 땅이다. 옛 소라국 사람들은 천사들과 인간 여자들 사이에서 태어난 초인간이 아니었을까.

생각의 나래를 펼치고 있을 때, '철거덕 철거덕' 소리 나는 곳을 돌아보니, 터널을 막 벗어난 열차가 높다란 철교 위를 지나고 있었다. 열차는 마치 디오라마 장난감 기차처럼 앙증맞았다. 시계바늘이 되어 한 바퀴 빙 돌아가는 열차는 결코 '억지춘양'이 아니다. 춘양 사람들에게는 시간을 알리는 시계이며 바깥세상 이야기를 전해주기도 하고, 창마다 등불을 밝히고 남실남실 왔다가 어둠 속으로 사라지는 밤의 요정이다.

그 순간, 갑자기 기차 연기가 머릿속에 피어올랐다.

'아, 그 매캐한 냄새.'

춘양역에 도착했을 때, 무엇인가 소중한 것을 기억하지 못하고 머릿속을 맴돌던 것은 춘양역驛이 달라져서가 아니라, 기차가 디젤기관차로 바뀌었기 때문이었다. 60년도 훨씬 지난 지금까지도 매캐한 향수鄕愁로 남아 있었던 것인가?'

울진 민부상

나는 소로교에서 운곡천 천방둑길을 따라서 상류로 올라서 한수정寒水亭에 들어갔다. 내가 초등학교 때 소풍 왔던 곳이지만, 처음 온 것처럼 낯설었다. 세월의 때가 켜켜이 곰삭은 정자를 예상했는데, 금방 지은 듯 말끔했기 때문이다.

정자 앞뜰에 서서 바라 본 한수정 현판과 나란히 걸린 단아한 해서楷書체의 '月澄軒' 현판, 가을밤에 더욱 밝은 달빛을 바라보는(更是秋宵得月光) 고절한 선비의 정취가 베인 현판과 헌함軒檻을 두른 정자 마루는 학당學堂의 소박한 분위기를 느낄 수 있어서 겉보다 속(정신)은 아직도 고색창연古色蒼然했다.

충재 권벌이 세운 거연헌居然軒이 쇄락해지자, 그의 손자 석천石泉 권래權來가 거연헌 옆에 한수정을 새로 지었다. 한수정寒水亭은 운곡천과 중조천이 만나는 모서리에 자리 잡고 있어서 정자 앞에는 항상 맑은 물이 흐른다, 한수정寒水은 '찬물과 같이 맑은 정신으로 공부하라'는 의미가 있다.

> 태백산은 높고 만 길이나 푸른데
> 도심천은 멀리 흘러 한 줄기 맑구나.
> 어느 뉘가 이곳을 '한수'라 이름 짓고
> 선조에게 주어 정자 현판을 남겼는가.

太白山高萬丈靑 道心溪遠一條淸 何人此地名寒水 留與先翁扁此亭

강좌 권만의 〈한수정〉

한수정은 북측의 맞배지붕과 남측의 팔작지붕이 만나 'T'자형 평면을 이루고 위·아래 양쪽에 2칸통 방, 가운데 4칸통 대청을 들여서 헌함을 둘렀다. 맞배지붕 건물은 바닥을 한단 높이고 지붕을 높임으로써 한수정의 중심부임을 나타내고 있다. 남쪽 건물은 팔작지붕을 낮게 연결하여 정면성을 강조하고 두 지붕의 단차를 두어 조형미를 높였다.

온돌방의 천장에는 동양우주관을 표현한 음양오행의 기하문양을 그렸는데, 양(하늘)과 음(땅)이 서로 통하여 만물을 생성하고 무궁히 발전하는 것이 음양의 조화이며, 우주 만물의 원천인 木火土金水의 오행은 서로 상생하는 것과 상극하는 데, 우주 만물과 인간의 존재 의미를 한 장의 그림으로 압축한 것이 음양오행도이다.

동쪽 마루의 두 기둥의 보아지에 와룡연의 용을 상징적으로 조각하였다. 한수정을 크게 휘감아 돌면서 석축을 쌓아 중조천의 맑은 물을 담은 와룡연臥龍淵이 정자의 그림자를 드리운 채 고요하고, 정자의 정면에는 큰 바위를 기반으로 석축을 1m정도 쌓은 초연대가 높다랗게 서서 한수정 안을 들여다보고 있다.

한수정은 본채의 남측과 서북 측에 두 개의 출입문이 있다. 남측의 출입문은 폭 2.1m 정도의 사주문(네 개의 기둥)으로, 이 문의 오른쪽에는 보호수로 지정된 수령 400년의 회나무가 담장 사이에 끼어있고, 서북쪽의 사주문은 남쪽의 것보다 규모와 높이가 작은데, 초연대와 건물 사이에 설치하여 와룡연과 경계를 두고 있다. 이 문을 나가면 와룡연을 건너갈 수 있는 폭 0.6m 정도의 돌다리가 걸쳐져 있다.

작은 언덕에 낙엽이 파르르 날리어 쌓이네.
선조가 돌을 쌓아 해자를 만들었구나.
달려가서 뛰어넘으려 하지만
만길이나 높아서 함부로 범하지 못한다네.

楠影婆娑覆小皐 先翁於此石爲壕 閒中自有超然趣 不必凌虛萬丈高

강좌 권만의 〈초연대〉

한수정 안을 둘러보고 서북쪽 사주문을 나와서 와룡연 돌다리를 건널 때, 마침 와룡연의 물고를 조절하고 있는 權아무개(某) 씨를 만났다. 일로당의 후손들이 한수정을 자치적으로 관리하고 있는데, 그는 한수정과 남다른 인연이 있었다. 6.25때 피난가면서 한수정에 보관했던 그의 어머니 반남 朴씨(朴福魯)가 낙한정樂閒亭 종가에서 혼수婚需로 가져 온 오동장梧桐欌을 인민군이 불쏘시개로 태웠다면서,

"한수정이 불타지 않은 것이 천만다행이지요."

그는 공직에서 퇴직 후 프리랜서로서 한수정 보존회 부회장을 맡아 봉사하고 있다. 고향을 떠난 적이 없으니, 일로당 종중宗中에 관한 한 어느 집에 숟가락이 몇 개인지도 꿰고 있을 정도이다.

"일로당 할뱀 후손이면 누구나 한수정을 지켜야지요."

충재 권벌로부터 3대에 걸쳐 다듬어 온 한수정에 대한 자부심은 일로당 종중宗中의 유전인자 속에서 대대로 전승되어 온 것 같다.

1608년에 충재의 손자 석천石泉 권래權來가 조부의 추모지소로 한수정을 세웠다. 이후 몇 차례의 중수를 거쳐서 지금의 한수정으로 거듭났다. 한수정 옆에 먼저 있던 거연헌이 1672년에 소실燒失되고, 1742년에 낡은 한수정을 새로 중건하였는데, 1990년에 정자의 일부가 화재를 입은 것을 1992년에 복구하고 와룡연과 초연대 석축도 2018년에 정비했다고 한다.

나는 회나무 고목에 기대어 용처럼 한수정을 감싸고 돌아가는 와룡연을 바라보았다. 거울처럼 맑은 물에 드리운 나뭇가지와 정자의 그림자가 물결에 일렁이었다. 무아無我의 경지에서 바라본 와룡연, 정자의 헌함 뒤로 정자관을 쓴 선비가 앉아서 거문고를 타는 모습이 물결에 비치었다. 나는 넋을 놓고 바라보다가 눈을 깜빡이는 사이에 선비는 시야에서 사라졌다. 이리저리 살펴보고 물속까지 들여다보았으나 빈 정자만 물결에 거꾸로 매달린 채 일렁이었다.

내가 본 것을 그 權씨에게 말했더니, 믿기지 않는 듯 도리어 나를 이상한 듯 바라보았다. 연못에 잠복해 있는 잠용潛龍은 덕德을 쌓다가 때가 되면 등용登龍하여 만천하에 덕을 펴게 된다.

"용이 누운 자태인 와룡연臥龍淵은 아직 때를 만나지 못한 큰 인물을 의미하는데…"

에둘러서 혼잣말로 중얼거렸더니, 선조들 중에서 권일보權一甫를 꼽았다. 일보一甫는 봉화 유곡의 중마(제궁골)에서 권두굉權斗紘과 풍양趙씨(상주 오작당)의 맏아들이며 석천石泉 공의 현손玄孫이다. 인물이 수려하고 택견과 씨름에서 그와 겨룰 자가 없었으며, 13세에 〈강상관어江上觀漁〉 詩를 짓고, 서체를 좋아하였으나 전서篆書를 숭상하였으며 거문고를 여사餘事로 다루었으나 속세의 소리를 싫어하였고 역관의 외국어도 관심이 있어서 중국어와 만주어에 능통하였으며 상고시대의 정음正音까지 이해하였다.

백부伯父 창설재蒼雪齋 권두경權斗經은 그를 일보一甫라 불렀다. 일보一甫는 '으뜸'을 이르는 말로써 오늘날 속된말로 '일짱(우두머리)'과 같은 의미이다.

백부의 친구 밀암密菴 이재李栽와 눌은訥隱 이광정李光庭의 문하에서 대산大山 이상정李象靖과 동문수학하였다. 1721년 34세에 사마시에 합격하고, 1725년 문과에 등과하여 장차 정승의 반열에 오를 청운의 꿈에 부풀었으나 현량책賢良策으로 사변주서事變注書에 특진特進하게 되자, '명가名家의 자손'이라서 높이 선발되었다는 소리를 듣게 되자, '손잡고 친하자더니, 머리도 채 돌리기 전에 다 돌아서네.(纔握手而相誓, 未轉頭而皆非.)' 탄식하고 미련 없이 고향으로 돌아왔다.

일보一甫는 독서하는 여가에 병서兵書를 즐겨 읽었고, 15, 6세 무렵에는 깃발을 만들고 동네 아이들을 지휘해 팔진도八陣圖를 펼쳤으며, 그가 태어나기도 전에 있었던 화장산 전투에서 산화한 춘양 600의병과 왜란 전 해(1591)까지 3년 동안 정여립을 비롯한 1,000여 명이 죽

거나 유배당한 기축옥사를 늘 안타까워하면서,

'군자의 소중한 바는 義일 뿐(惟君子所重者義兮), 만고천추에 이름이 남는 것(名萬古與千秋).'이라 했다.

무신년(1728) 이인좌李麟佐의 난이 일어나자, 안동 의병장 유승현柳升鉉을 도와서 격문檄文을 지어 군사를 모으고, 군량으로 곡물〔私穀〕100여 곡斛을 내어 적진 근처로 가서 관군을 돕고자 창의倡義(의병을 일으킴) 하였으나, 난이 평정됨으로써 의병을 해산하였다. 그럼에도 불구하고 죄인들의 초사招辭에서 오히려 난에 연루된 혐의를 받게 되었다. 일보一甫는 '해자[隍]의 사슴을 얻은들 무엇이 기쁘며, 새옹이 말을 잃은들 무엇이 슬프리.(得隍鹿而何喜, 失塞馬而奚悲.)' 크게 탄식하였다.

고려 때 이자현李資玄이 청평산에 들어가 문수원文殊院을 짓고 살았던 것처럼, 일보一甫는 춘양에서 동쪽으로 산 넘고 물 건너 태백산 깊은 골짜기 석포에 문행당文杏堂을 짓고 안개 피어오르는 낙강洛江의 여울 속에서 한 마리 잠룡〔彭郞〕이 되었다.

구름이 걸친 깊은 구렁이 고요하고 그윽하다. 窈窕開雲壑
세상에서 멀리 떨어져 맑고 그윽하니 淸幽遠俗機
삶이 궁핍하나 근심이 없네. 不憂生事乏

권만의 〈석포춘흥이십오편〉 中에서

일보一甫는 석포에서 춘양을 오갈 때 한수정에 머물면서 후학을 가르치고 〈근차한수정寒水亭十二詠〉 詩를 지었다.

1672년에 거연헌이 소실燒失되었을 때, 한수정도 점차 퇴락하여 다시 세우기로 하였으나, 50여 년이 흐른 후인 1741년에 비로소 일로당 제손諸孫들이 모여 재건축을 합의하였다. 1608년 처음 건립 이후 133년 간 지속한 정자를 철거하고, 1742년에 지금의 정자 자리에 새로 지었다.

일보一甫는 건축 도감都監을 맡아서 밤낮으로 정성을 다하여 지금과 같은 형태로 중창重創한 뒤 〈한수정중창상량문〉을 직접 지었다.

「...절묘하게 꾸민 헌함과 무지개 모양의 서가는 앉아서 산색과 샘물 소리를 장악하고 둘러진 못 물은 거울처럼 맑아 하늘빛과 구름 그림자를 굽어본다네.」

상량문에 이어서 〈한수정기성寒水亭旣成〉 詩를 지어서 후손들에게 당부하였다.

'선조의 영혼이 깃들어 있으니(先祖有靈應陟降), 후손들이여 즐거이 학문을 닦으라(諸孫於此好藏修).'

일보一甫는 1749년에 62세로 세상을 떠났으나 그의 영혼은 한수정의 수호신으로 후손들의 가슴속에서 영생을 누리고 있다.

일보一甫의 〈한수정寒水亭十二詠〉 詩句를 차운次韻하여 한수정의 와룡연을 중심으로 '가을밤 음악회'를 구상해 보았다.

초연대에 낙엽이 파르르 날리어 쌓이는데(楠影婆娑覆小阜),

달빛 은은한 월징헌(更是秋宵得月光)이 와룡연에 흐르고,

가희歌姬의 애절한 세레나데에 환호가 터지면(一回莊誦感歎長),

잠룡〔彭郎〕도 눈비비고 깨어나리(寤時常少睡時多).

한수정은 세월의 풍우風雨에 긁히고 화마火魔로 손상되었지만, 옛 모습대로 복구함으로써 학문과 수양의 관념 공간으로 문화재적 가치를 간직하고 있다. 대다수의 문화재 관리(복원·정비·보존)는 해당 문중에서 맡아 왔으나, 문화재는 보존에 그치지 않고, 문화재를 향유享有하는 문화 콘텐츠(contents)를 개발해야 한다.

일보의 백부 창설재蒼雪齋 권두경權斗經은 홍문관부수찬으로 문장이 뛰어나고 詩에 능하였다. 그는 1714년과 1717년 도산서원 원장으로서 《퇴계선생언행통록》과 《도산급문제현록》을 편찬하였으며, 유림의 뜻을 모아 토계의 한서암 서편에 퇴계 이황을 기리는 정자를 짓고 '추월한수정秋月照寒水亭'이라 하였다.

주자朱子의 詩 〈재거감흥齋居感興〉의 '공손히 생각건대, 성인의 심법은 천년의 시공을 넘어[恭惟千載心], 차가운 물에 비치는 가을 달빛[秋月照寒水].'에서 유래한 것으로 옛 성인의 마음이 가을 달빛이 비치는 차고 맑은 물에 비유한 것이다.

1896년 추월한수정은 일제의 방화로 퇴계의 종택과 함께 소실되었다. 1929년에 지금의 자리에 새로 건립하였으나, 문화유산의 속성은 한 번 파괴되면 본래대로 되돌릴 수 없는 불가역성不可逆姓 때문에 보존과 관리는 지역은 물론 인류의 공동의 책임이다.

춘양 권진사댁

동서로 뻗은 의양로는 춘양의 간선도로이면서 북쪽의 현마와 남쪽의 의양리를 구분하는 경계이다. 춘양초등학교 서편은 봉화현의 동헌이 있던 현마이다. 현마에 있던 동헌(군청)은 1914년 봉화읍으로 옮겨가고, 지금은 학교와 유서 깊은 고택들이 저마다 독특한 전통과 그윽한 향기를 지니고 있다.

문수산의 구름이 감도는 골짜기를 운곡雲谷이라 하고 골짜기에 흐르는 물을 운곡천이라 하였다. 햇살이 눈부신 춘양春陽은 운곡천이 들판 가운데로 흐르면서 유역의 농토가 기름지고 주변의 자연과 어울려 경물景物이 아름다웠다.

1519년 충재 권벌이 삼척부사가 되어 안동에서 삼척을 오가는 길에 햇빛 눈부신 춘양의 들판을 눈여겨보았다가 1534년 밀양부사 재임 때 운곡 일대의 터를 매입하여 이곳에 후손들이 살아갈 전장田莊을 마련하였다.

춘양역 터는 일로당逸老堂과 춘포재春浦齊를 중심으로 안동權씨 집성촌을 이루었던 곳이다. 일로당 권두광權斗光의 양자 권혜權蕙는 일보一甫의 숙부 권두위權斗緯의 아들로서 어린 시절에 유곡의 중마(제궁골)에서 함께 자란 그의 종형從兄이다. 권혜의 배위는 밀암 이재의 딸이며, 《음식디미방》을 지은 정부인 안동 장張씨의 증손녀이다. 권혜의 장자는 권정통權正通이고, 2남은 권정근權正近으로 성암省菴 권철연權喆淵은 권정근 계열의 후손이다.

성암省菴은 1880년경에 운곡에서 문수산의 만석봉 아래 낙천당으로 옮겨 왔다. 권진사댁은 문수산 금강송으로 지은 조선 후기의 근대 건축 양식이다. 9칸의 행랑채 대문을 들어서면 넓은 마당의 좌측에 서재가 있고, 대문채와 마주 한 사랑채 '산천실山天室'은 정면 7칸, 측면 8칸의 ㅁ자형이며, 안채와 사랑舍廊채 사이에 토담으로 내외마당을 구분하고 안채의 출입문을 따로 두었다. 이는 단순히 남녀의 차별이 아니라, 출산과 육아를 위한 모태母胎공간(Womb Space)과 남성 중심의 사랑방이 권위와 질서가 서로 유기적으로 조화와 균형을 이루는 구조이다.

유가儒家의 삼종지도三從之道는 엄격하였지만 당시의 여성도 어머니로서 자아를 성취하고 시대의 주인으로서 가문을 보전하는 주체적인 삶을 살았다. 장독대에 함박눈이 소복히 쌓이는 밤, 설빔 짓는 엄마의 안방 아랫목에 아기가 잠들고, 베 짜는 윗방 시렁에 메주가 대롱대롱, 오누이 다듬이 소리 정다운 안대청, 화롯가 둘러앉아 할머니의 이야기보따리 새어나오는 상방上房은 이름 모를 항구를 떠도는 방랑자가 그토록 그리워하던 귀소歸巢공간이다.

여우가 캥캥 짖고 수리부엉이 우는 으슥한 밤, 사랑舍廊 선비들의 낭랑한 글 읽는 소리, 큰 사랑의 기침소리는 토담보다 든든하고 솜이불처럼 포근하였다.

오늘날 핵가족의 생활방식에서 전통 대가족제의 주거공간을 이해할 수 있을까.

아마존 상류의 원주민들 중에는 미혼 남자들의 숙소를 중심으로 가장 자리를 가족용 오두막들이 동심원을 이루는 독특한 구조의 모거母居 사회도 있다. 모거사회란 어머니가 속한 혈족에 속하며, 어머니가 사는 곳에서 산다는 뜻이다.

모든 문화는 그 나름대로의 질서와 가치가 있으며 그것을 있는 그대로 존중하여야 한다.

지금은 사랑舍廊으로 쓰고 있는 서재 '감개헌鑑開軒'은 유곡의 충재冲齋나 퇴계의 계당溪堂과 같이 3칸(방 2칸 마루 1칸)이다. 선비의 집은 세 칸을 넘지 않아야 한다는 '삼간지제三間之制'의 덕목이 느껴지는 소박하면서 절제된 공간이다. 율곡은 퇴계의 계당에서 사흘을 묵고 작별하면서 '사는 집은 두어 칸이요, 살림이라고는 경전 천 권뿐이라.(生涯屋數間, 活計經千卷.)' 하였다. 권진사댁의 '감개헌鑑開軒'은 당시 향촌사회에서 덕망과 학식이 뛰어난 스승을 모시고 문중의 자제들을 가르치던 사숙私塾이었다.

성암은 앞집과 인근에 두 아들을 분가하여 의좋게 살도록 하였으며(敦厚家風), 하루 한 끼는 반드시 죽을 먹을 정도로 검약儉約하면서도 흉년에는 어려운 이웃을 외면하지 않았다.(患難相救)

춘양은 본래 안동부에 속해 있었으며, 춘양의 권문權門은 본향이 안동이다. 안동의 유력 재지사족들과 혼반婚班관계를 통해 정보를 공유하는 네트워크를 이어왔으며, 춘양목이 궁궐의 동량棟樑이듯이, 춘양의 인재들이 국가의 동량棟樑으로 진출할 수 있었다.

국가의 산업·경제 발전은 과학기술 연구가 조직적으로 뒷받침되어야 한다. 오늘날 한국에너지연구소·한국동력자원연구소·한국표준연구소·한국기술연구원 등 연구소와 대학이 단지를 형성한 대덕연구단지 설립 당시의 종합 계획(Master plan) 실행은 과학경영을 전공한 일로당逸老堂의 한 과학자가 맡았다.

내 어린 시절의 그 기차가 하늘을 나는 '은하철도 999' 이었듯이, 당시 '대전엑스포과학공원'의 자기부상열차는 청소년들에게 해리포터의 '호그와트행 기차'가 아니었을까.

그 과학자가 미국의 하버드, 프랑스의 파리 대학 등 세계 지성의 전당으로 통한 첫 문호門戶는 안동이었으며, 안동에서 거슬러 오르면 춘양의 한수정寒水亭이다. 찬물과 같이 맑은 정신으로 글공부에 열중한 와룡연의 잠룡이 세상 밖으로 등용登龍한 것이다.

당나라 시인 유우석劉禹錫은 그의 〈누실명陋室銘〉 詩에서,

'산은 높아서가 아니라 신선이 살면 이름을 얻고,
물이 깊지 않아도 용이 있으면 신령한 물인 것을
비록 누추한 곳이지만 다만 나의 덕행의 향기만 흐르누나.'

(山不在高 有仙則名 水不在深 有龍則靈 斯是陋室 惟吾德馨)

춘양 구곡

낙천당 동쪽에는 남화사터〔覽華寺址〕가 있다. 원효는 남화사를 태백산으로 옮겨 지은 후, 옛 '남화사覽華寺'를 생각한다 하여 '각화사覺華寺'라 하였다. 그 절터에 도연서원을 세워서 한강 정구, 미수 허목, 번암 채제공을 배향하였다.

1858년 도연서원이 훼철毁撤(헐어서 버림)되고 지금은 그 자리에 춘양중고등학교가 이어받았으며, '봉화서동리삼층석탑'이 동·서 쌍탑으로 남아있다. 불교에서는 생멸生滅하고 존재하는 현상계는 인因(직접적 원인)과 연緣(간접적 원인)에 따라 시·공간적으로 상호 관련되어 있다고 하니 서원의 훼철은 우연이 아니다.

퇴계의 숙부 송재 이우의 후손 경암敬巖 이한응李漢膺은 춘양의 아

름다운 경물景物을 노래한 〈춘양구곡春陽九曲〉을 지었다. 운곡천 하류의 사미정 골짜기에서 상류로 오르면서, 눌은訥隱 이광정李光庭·옥천玉川 조덕린趙德鄰·풍대風臺 홍석범洪錫範·창애滄崖 이중광李重光·옥계玉溪 김명흠金命欽 등 그 지역의 유학자들의 정자를 중심으로, 제1곡 어은漁隱, 제2곡 사미정四未亭, 제3곡 풍대風臺, 제4곡 연지硯池, 제5곡 창애滄崖, 제6곡 쌍호雙湖, 제7곡 서담書潭, 제8곡 한수정寒水亭, 제9곡 도연서원道淵書院으로 이어진다.

구곡이라 도연서원 호연한 기상 있구나
봄날 누대에서 아득히 긴 시내 굽어보네.
서원은 여전히 궁궐의 담장처럼 남아 있고
십리 풍연은 거울 속 하늘같네.

九曲道淵更浩然 春樓迢遞見長川 依舊賴有宮墻在 十里風烟鏡裏天

'봄날 누대에서 아득히 긴 시내 굽어보네(春樓迢遞見長川).'의 춘루春樓는 서원의 청풍루이며, 장천長川은 도미천, 즉 운곡천이다. 유생들이 학문을 익히던 도연서원의 도연道淵은 道가 솟아나는 연못을 뜻한다. 도연道淵에서 道가 흘러내렸다는 도미천 상류에 위치한 도연서원은 〈춘양구곡〉의 극처이다.

S자로 길게 돌고 돌아 아홉 구비를 묘연杳然히 흐르는 운곡천의 물을 바라보면서, '道가 흐른다는데, 道란 무엇일까?' 생각했다.

노자老子는 '道를 道라 하면 이미 道가 아니다(道可道非常道).'고 하면서, '최고의 善은 물과 같다(上善若水).'고 하였다.

물은 만물을 이롭게 하면서도 다투지 않는다. 水善利萬物而不爭
사람들이 싫어하는 낮은 곳에 처하기 좋아한다. 處衆人之所惡
그러므로 물은 道에 가깝다. 故幾於道

노자는 물은 道에 가까울 뿐, 道는 스스로 존재(自然界)한다고 했다. '道란 노자의 禪문답 같은 관념의 유희遊戲일까?'

유학의 道는 실제 생활에서 지켜야 할 인간의 도리道理이며, 도덕은 道를 得한다는 뜻이다. 道는 본질적 가치이고, 德은 道를 실천하는 수단적 가치이다. 그러므로 도덕은 본질과 현상, 목적과 수단, 體와 用을 포섭하는 근원적 질서가 조화를 이루는 것이다.

칸트(Immanuel Kant)의 "하늘엔 빛나는 별, 내 마음엔 도덕률"에서 '하늘의 별'은 자연계를 상징한다. 자연계 즉 본성에 따르되, 그것을 수단(利)으로 이용하지 말고 늘 목적(義)으로 해야 한다는 것이 칸트의 도덕적 정언명령이다.

퇴계의 '존천리存天理, 알인욕遏人慾'은 하늘의 뜻을 따르되(存天理), 악의 유혹에 빠지지 않기 위해(遏人慾), 敬(감성)과 義(지성)로써 지탱해야 한다(敬義夾持)고 했다. 퇴계의 敬은 體와 用을 포섭하는 것으로써 사람과 사람, 사람과 자연 및 천지만물의 관계를 조화롭게 하는 것이다. 남을 義로써 대하되 나와 남과의 관계를 敬으로써 조화롭게 해야 한다는 점은 동서고금東西古今이 다르지 않고 종교가 서로 다르지 않은 도덕의 황금률黃金律이다.

공자는 "자신이 원하지 않는 바를 남에게 베풀지 말라."
붓다는 "내게 해로운 것으로 남에게 상처 주지 말라."
예수는 "남이 너희에게 해 주기를 바라는 대로 해 주어라."

경의협지敬義夾持가 실제 삶에서 작동하는 것이 禮이다. 오늘날 서구식 개인주의 관점에서, 번거롭고 까다로운 규칙과 예절(繁文縟禮)이므로 "공자가 죽어야 나라가 산다."고 한다.

공자는 "혼례는 사치보다 검소하게(與其奢也), 상례는 형식보다 진심으로 슬프게(與其易也), 분소紛素 후에 그림을 그리듯 근본을 중시하라(繪事後素), 본심이 없는 허례는 예의가 아니다(敬而將之)."고 하였다. 공자 말씀, 부관참시剖棺斬屍 할 만큼 틀린 말인가?

퇴계는 "禮는 모든 사람에게 어느 시대든지 통용될 수 있는 법이라야 禮가 될 수 있다. 예를 제도에 얽매이기 보다는 인간 위주여야 하고, 때와 재물과 분수와 처지에 맞아야 하고 검소하면서 원칙에 맞게 시행해야 한다."

제도나 관습에 얽매이지 않고 시대에 맞게 나날이 새로워져야 한다(日新又日新)는 것이다. 퇴계의 경의협지敬義夾持는 칸트보다 200년 앞선 미래의 비전을 제시해 주는 오래된 미래가 아닐까.

낙천당

곡식을 까불러서 쭉정이나 티끌을 골라내는 도구인 키는 양쪽이 높고 뒤는 좁고 우긋하다. 춘양의 지세地勢는 운곡천이 흘러가는 남쪽을 향해 키 모양으로 높은 산이 빙 둘러져서 땅은 풍요로운 낙천당이요, 사람들은 키에 담긴 알곡인 셈이다.

키 모양의 춘양의 지세地勢는 U型이다. Utopia의 U는 '없다'는 뜻으로 topia(장소)와 결합하여 세상 어디에도 없는 이상향의 낙원을 의미한다. 낙원은 십승지, 극락, 천당, 무릉도원 등 문화적 차이에 따라 다르게 불리기도 하지만, 한마디로 우주적 질서가 천장지구天長地久를 이루는 곳이다. 자연의 에너지와 인간, 인간과 인간이 道로써 조화를 오래도록 유지하는 곳이다.

낙천당樂天堂 마을은 안동 金씨 일족이 오래전부터 '낙천당' 정자를 짓고 '즐겁고 평안하게', 또는 《시경》에서 '화락함이 끝이 없네(和樂而湛).' 노래한 '담락湛樂'의 뜻과 같다.

만석봉의 청량한 솔바람, 햇볕 바른 들판, 밤하늘에 반짝이는 별, 생명수 같은 운곡천이 道를 노래하며 굽이쳐 흐르니, Utopia가 아닌가.

Ultimate의 U는 '(신은)어디에나 널리 존재 한다.'는 의미로서, 오늘날 'Ubiquitous'와 컴퓨팅이 결합되면 '언제 어디서든 어떤 기기를 통해서도 컴퓨팅할 수 있는 것'을 의미하는 U+가 된다.

백두대간수목원이 생기면서 춘양은 백두대간수목원의 배후 도시이며 수목원역驛이다. 사람들은 춘양을 억지 춘양이라 하지만, 춘양은 이제 미래지향적인 U+로 변화한 것이다.

춘양은 찬란한 햇빛과 따뜻한 바람이 운곡천의 시원한 물과 어우러져 살기 좋은 낙천당(福地)이다. 정의正義란 무엇인가? 정의의 정의定義(definition)는 관점에 따라서 다를 수 있으나, 공동체의 공동선을 위한 연대 의무를 빼놓고는 정의正義를 논할 수 없다. 살기 좋은 낙원일지라도 스스로 지키지 못하면 실낙원失樂園이 된다. 그 땅에 검은 구름이 드리우고 거센 바람을 타고 범이 내려왔다. 낙원을 지키기 위해 사람들은 범과 싸워야 했다.

화장산 전투

춘양에서 충렬사에 가려면 화장산 노루재를 넘어야 한다. 노루재는 설악산 미시령과 같아서 눈이 붙으면 태백과 울진 방향 차량이 통제된다. 지금은 터널이 뚫렸으나 자전거로는 통행할 수 없다.

춘양역에서 현동역까지 열차를 타고, 현동역에서 자전거로 충렬사에 닿았다. 소천초등학교 앞 현동천 건너편 언덕에 600의병義兵이 화장산을 베고 누워서 나를 내려다보고 있는 듯했다.

1592년 4월 15일 700여 척으로 부산포에 쳐들어 온 범(왜군)은 동래성을 짓밟고 대를 쪼개 듯 파죽지세破竹之勢로 한양도성을 향하여 거침없이 쳐들어갔다. 가는 곳마다 관군은 겁이 나서 흩어지고, 고을의 사족士族들은 산속으로 숨어버렸기 때문이다.

5월 5일 초유사招諭使 김성일金誠一이 함양에 이르니, 군수 이각李覺이 혼자 텅 빈 관아에 앉아 있었으며, 늙은 아전 몇 명만 남아 있을 뿐이었다. 김성일이 군수를 독려하여 함안의 전 현감 조종도趙宗道와 전 직장 이노李魯 등 고을 사람들을 불러 모으고 그 자리에서 곧바로 격문檄文을 초草하여 〈초유일도사민문招諭一道士民文〉로 백성을 타일렀다.

「나라의 운수가 중간에 와서 불운하여 섬 오랑캐들이 몰래 군사를 동원해 우리 강토를 함부로 침범하여 동쪽과 서쪽 두 방면에서 돌진해 들어왔다. 그런데 큰 성과 큰 진에는 일찍이 방비책防備策을 설치하지 않았던 탓에 열흘 사이에 험한 관문과 높은 고개를 넘어 곧바로 서울을 공격하게 되었다. (…) 진실로 원하노니, 이 격문檄文이 도착하는 날 수령은 한 고을에 분명하게 효유*하고 변장은 사졸들을 격려하라. 그리고 문무文武의 조정 관원들과 부로父老, 유

* 효유(曉諭/曉喩): 깨달아 알아듣도록 타이름.

생儒生 등 모든 사람들은 서로서로 유시하라. 그리하여 동지를 불러모아 충의로써 서로 단결하여 방비책을 세워 스스로 막기도 하고, 군사들을 이끌고 싸움을 거들기도 하라. 부자들은 유차달柳車達처럼 곡식을 날라 군량을 대고, 용사들은 원충갑元冲甲처럼 용기를 내어 적을 무찌르라.(…)」

1592년 8월, 가또 기요마사〔加藤淸正〕가 안변에 있으면서 일개 부대가 영동嶺東의 고성·강릉을 따라 지나는 곳마다 노략질하며 평해에 이르러 죽령을 넘기 위해 현동에서 화장산을 향해 오고 있었다. 화장산 너머 춘양은 물론 죽령에 이르는 봉화, 영주 지역이 위기에 처해 있었다.

앞장서서 고장을 지켜야 할 지방의 사족士族들은 달아나면서, "만일 군사를 모으면 적을 불러들일 뿐이다."

군사를 모으는 자가 없었다.

부친상을 당하여 상운면 문촌에서 삼년상을 치르던 사간원司諫院 전적典籍 유종개柳宗介가 춘양 백성들을 모아놓고 설득했다.

"왜적이 쳐들어오고 있다. 앉아서 죽으나 싸우다 죽으나 죽기는 한가지다. 죽기로 싸우면 우리 가족은 살릴 수 있다."

장정들은 늙으신 부모와 눈물어린 처자식을 떠올렸다.

유종개柳宗介의 의병은 비록 낫이나 도끼, 농기구를 들었지만 군령軍令을 정하여 엄정한 군기를 유지하였다.

"북소리를 들으면 나아가 싸우고, 징소리를 들으면 그쳐야 한다. 북소리가 끊어지지 않으면 전진은 있을지언정 후퇴는 없으니, 감히 후퇴하는 자는 벨 것이다. (…)

군중의 기밀을 누설하거나 군령에 따르지 않는 자는 벨 것이다."

의병대장 유종개柳宗介, 부장副將 임흘任屹, 참모 김중청金中清, 장령掌令 윤흠신尹欽臣·흠도欽道 형제를 비롯한 춘양春陽 의병은 춘양의 동쪽 화장산 노루재[獐峴]에서 숨죽이고 기다렸다.

8월 22일 새벽, 왜군 선발대를 맞아서 물리쳤으나, 조총으로 무장한 3,600여 명의 본대가 개미떼처럼 몰려왔다. 춘양에 살았던 예천 사람 윤흠신 형제를 비롯하여 의병들은 후퇴하지 않고 끝까지 항전하다가 죽거나 사로잡혔다.

왜군이 대장 유종개를 사로잡아 그의 살가죽을 벗기자, 피가 땅바닥에 떨어져 고였지만 그는 도리어 소리치다가 순국하였다.

화장산 전투에서 혼쭐이 난 왜적은 그 길을 포기하고 되돌아갔다. 그들이 흘린 피로 가족을 살릴 수 있었을 뿐 아니라, 죽령에 이르는 풍기·영주·예안·봉화 등 여러 고을이 다행히 병화兵火를 당하지 않았으므로 선조실록에 이 지역을 복지福地라 기록하였다.

피가 땅에 떨어져 자유의 꽃을 피우고 열매 맺은 것이다. 춘양 의병은 싸움에는 졌지만 전쟁에 승리했다.

임란이 끝나고 10년이 지난 뒤 의병들이 산화한 화장산 일대 30리 안에 유해 보호를 위해 감관 1명과 산지기 12명을 배치해 영혼을 달랬다.

2011년 소천면 소천초등학교 앞 현동천 건너편 언덕에 화장산을 향하여 충렬사가 건립되었다. 2006년부터 4년간에 걸쳐 추진한 성역화 사업은 사당과 6백의총義塚, 사적비, 전시관 등 부대시설로 구성되어 있다.

아, 600의병

총독의 군병들이 예수의 옷을 벗기고 가시관을 그의 머리에 씌우고 침 뱉고 희롱하여 골고다에 이르러 십자가에 못 박았다.

왜군이 유종개 대장의 살가죽을 벗긴 곳을 살피령, 의병들의 목을 많이 베었다 하여 목비골, 목을 베어 나무에 메달았던 곳이라 하여 달래골이라 부른다. 화장산은 예수가 십자가에 못 박힌 골고다 언덕과 같이 이 땅을 지키다 순교殉教한 현장이다.

사람이 남(친구, 고장, 조국)을 위하여 자기 목숨을 버리면 이보다 더 큰 사랑이 없다.

모든 순교자는 어떤 형태로든 부활한다. 눈물어린 처자식을 못 잊어 영혼은 차마 떠나지 못하고, 풀잎에 이슬로 맺히거나 안개가 되어 감돌기도 하고, 가끔 바람이 되어 슬픈 노래를 부른다.

이슬, 안개, 바람은 모든 생태계를 생동하게 하는 에너지다. 에너지는 소멸하지 않고 부활하니, 순교자는 산자의 가슴에 태양으로 부활한다.

우리가 불렀던 〈아, 목동아(Danny Boy)〉는 아일랜드 민요이며, 작자 미상의 가사를 현재명이 번역하여, '산골짜기의 한 목동이 도시로 떠나는 사랑하는 소녀와 헤어지기 안타까워한다.'는 서정적인 이별의 노래로 알고 있었다.

〈아, 목동아(Danny Boy)〉는 북아일랜드의 민요 런던데리 에어(Londonderry Air) 가락에 붙인 잉글랜드의 시인 프레드릭 웨덜리(Frederic Weatherly)의 작사는 '전사한 아들의 유해가 전쟁터에서 돌아오면 아버지의 무덤 곁에 묻어서 부자父子의 정을 나눈다.'는 애통함이 느껴지는 노랫말이다.

'네가 돌아올 때 쯤 모든 꽃들이 다 죽어가고
아마 나도 죽었거나 죽어가고 있겠지.'

if you come, when all the flower's are dying,
And I am dead, as dead I well may be.

나는 고개를 뒤로 젖히고 화장산을 올려다보았다. 푸르른 금강송 숲 뒤로 하늘에 닿은 화장산은 우람하고 넉넉한 태산북두泰山北斗였다. 서설瑞雪이 내린 살부령 위로 태양이 눈부셨다.

안개 피어오르는 골짜기를 따라 소리개 한 마리 나래 펼쳐 바람을 탄다. 나는 듯 멈춘 듯 점점 작아지더니 산 너머로 사라졌다.
"야호~" 하고 소리치니, "야호 야호 야호…"
600의병의 함성이 골짜기마다 메아리쳐 울려왔다.

오 용사들의 우렁찬 함성이 산골짝마다 울려 퍼지네.
여름은 가고 꽃은 시들어 가니 그대는 멀리 떠나가겠지.
그대가 돌아온다면 나는 여기 남아 그대를 기다릴래요.
운곡천 강가에 여름철이 오고 살부령에 눈이 내려도
나 여기 햇살 바른 춘양이나 화장산 그늘에서 기다릴래요.
오 정의의 용사여, 오 정말 사랑해.

가슴이 찡하며 전율을 느끼는 순간, 나도 모르게 '런던데리 에어' 가락에 맞추어, '오 정의의 용사'를 부르기 시작했다.

2. 문수방주

우구치 가는 길

백두대간은 우리 민족 고유의 지리인식 체계이며, 백두산에서 시작하여 금강산·설악산·태백산까지 동해를 연해 남쪽으로 이어지다가 태백산에서 서쪽으로 방향을 틀어서 소백산을 거쳐 지리산으로 이어지는 약 1,400km에 이른다.

태백에서 소백으로 이어지는 백두대간의 허리에 해당하는 도래기재는 1,200m가 넘는 문수산, 선달산, 구룡산, 옥석봉이 태백산을 중심으로 고산지대를 이루고 있어 한강·낙동강·내성천이 발원하는 곳이며, 도래기재와 우구치牛口峙는 강원도와 경상북도의 도계道界이면서 한강과 낙동강의 분수령分水嶺이다.

함경남도 개마고원의 중심부에 있어 큰 산이 겹겹이 쌓여 있는 삼수갑산은 산세가 험한 유배지, 심심산골〔奧地〕의 대명사로 불리기도 한다. 문수산, 선달산, 구룡산, 옥석봉 등의 태백산 고산지대로 가는 길은 심심산골 삼수갑산으로 오르는 길이다.

삼수갑산 가고지고
삼수갑산 어디메냐
아하 산첩첩에 흰구름만 쌓이고 쌓였네.

삼수갑산 보고지고
삼수갑사 아득코나
아하 촉도난蜀道難이 이보다야 더할소냐.

김억金億의 〈삼수갑산〉 中에서

운곡천 다리 위에 서서 한 폭의 파노라마(Panorama)를 보듯 사방을 둘러보았다. 운곡천이 흘러내리는 남쪽은 가야산 장군봉과 일월산의 준령이 겹겹이 아득하고 만석봉·문수산·각화산이 성城처럼 둘러싸인 북쪽은 하늘 아래 무지개처럼 걸쳐진 황금빛 투구가 눈부시게 빛났다. 다박솔이 깔린 돌고개〔石峴〕 뒤로 나지막하게 구름 띠를 두른 듯 유난히 커다란 문수산은 춘양을 성城처럼 둘러싼 봉화군의 진산鎭山이다.

춘양을 처음 찾은 나그네〔過客〕라면, 누구나 저 산 너머에 또 무엇이 있을까 궁금해 할 것이다.

'그곳은 해리포터의 마법학교 호그와트가 아닐까? 아니면 외계인 E.T(the Extra-Terrestrial) 가 자전거를 타고 날아간 곳일까?'

나는 미지의 세계로 찾아가는 호기심으로 우구치牛口峙로 향했다. 우구치는 춘양에서부터 계속 오르막길이다. 한수정에서 만났던 권權씨와 동행했다.

우구치牛口峙 가는 길은 촉도蜀道처럼 급하게 오르는 험한 길이어서 자전거로는 타기보다는 끌고 가야 한다면서 자신의 승용차에 자전거를 실었다.

운곡천을 따라가다가 운곡천은 어디론가 사라지고 금강송이 우거진 숲속으로 오르기 시작하면서 자전거 라이딩은 무리라는 것을 알았다. 갈수록 산 첩첩에 흰 구름만 쌓이고 쌓였다. 명촌 박순우의 〈장춘계藏春計〉의 그 무릉선자가 비경秘景을 감춘 것 같았다.

> 만학萬壑이 깁픈 곳에 안개조차 즘겨셰라.
> 도화수 업ᄉᆞ니 갈 길히 희미토다.
> 아마도 무릉선자武陵仙子의 장춘계藏春計* ㄴ가 ᄒᆞ노라.

돌고개〔石峴〕를 돌아 오르자 정령이 나타날 것만 같은 금강송 숲이 성벽처럼 겹겹으로 둘러싸인 산들이 마치 춘양春陽의 비밀을 숨겨 놓은 것 같았다. 산길을 조심스럽게 운전하던 프리랜서 權씨가 나의 생각을 눈치 챈 것인지,

"여 가먼, 보물이 쪼매 있지요."

---

*장춘계藏春計: 봄을 감추려는 계략.

"뭡니까?"

"보물찾기는 미리 알 먼 재미없지요."

'무엇이 있을까?' 보물처럼 특별히 비밀스런 게 있는 것 같아서, 장춘계藏春計의 춘春은 춘양의 춘春이라는 생각이 들었다.

돌고개를 돌아서 내려가자, 마을이 나타났다. 각화사 아래의 사하촌寺下村이었다. 사하촌에서 자전거로는 도저히 오를 수 없는 급한 오르막을 굽이굽이 돌아 오르면서 고마운 생각이 절실했다.

태백산 사고

각화사 절 앞에 닿으니 돌을 쌓아서 만든 높다란 축대 위에 '太白山覺華寺' 현판의 2층 종루가 덩실 올려다 보인다. 종루 밑 계단을 올라간 뒤 되돌아서보니 종루의 뒤편은 '月影樓' 현판이었다. 한수정의 '月澄軒'과 같이 종루에 헌함을 빙 둘렀다. 종루와 마주한 대웅전은 각화산을 배경으로 돌축대 위에 앉아 있었다.

각화사는 태백산사고 수호 사찰이다. 돌을 쌓은 축대는 남한산성처럼 적의 침입을 막아서 실록을 보호하기 위한 성벽城壁이었다.

국가의 주요 서적을 보관하는 사고史庫를 서울과 지방으로 나누어 설치한 것은 고려 때부터 시작되었다. 조선조 때 최초의 외사고外史

庫는 충주에 있었고, 세종 때에 성주사고와 전주사고가 더해졌다.

조선 전기의 외사고 중에서 《고려실록》과 조선 초기에 간행된 서적을 보관한 충주사고는 1538년(중종 33)에 사고를 관리하던 하인이 건물 안에 들어온 산비둘기를 잡으려고 불을 켰다가 건물과 서적을 몽땅 태워버렸다. 고려 시대를 알 수 있는 귀중한 사료가 소실되고 말았다. 건축물이라면 새로 지을 수 있지만 기록물은 영영 되돌릴 수 없게 되었다.

임진왜란 때 서울의 춘추관과 지방의 외사고의 건물과 서적이 모두 불타버렸으나, 유일하게 남은 '전주사고본全州史庫本'을 1603년부터 3년 동안의 노력 끝에 실록 3질을 새로 복사·인출하였다. 이로써 실록은 전주사고본 1질, 신인본 3질, 초본(草本: 교정본) 1질 등 모두 5질이 되었으며, 5질의 실록을 춘추관, 태백산과 묘향산 사고에 나누어 보관되었다.

태백산사고는 1605년 10월 경상감사 졸암拙庵 류영순柳永詢이 태백산의 주봉 아래 각화산이 사고지史庫址로서 적당하다고 보고하자, 다음 해 4월 사고史庫를 건축하고 신인본 1질을 봉안하였다.

1634년 대교 유황兪榥이 포쇄曝晒*하는 일로 태백산사고에 왔다가 사고가 높은 봉우리 두 언덕 사이에 있어서 물이 빠질 수 없는 움푹

* 포쇄曝晒: 젖거나 축축한 것을 바람에 쐬고 볕에 바램.

들어간 수령이어서 기둥과 중방이 무너졌으니, 사고를 옮겨지어야 한다고 보고하자, 사고 아래 1리쯤 되는 태백산 중록中麓에 위치한 서운암棲雲庵 뒤 현재 사고지로 이건 되었다.

각화산은 태백산 주봉主峰(1566.7m)보다 남쪽으로 약 12㎞ 떨어진 지점이지만, 구룡산, 청옥산, 열목어 서식지 백천계곡, 석문동, 각화산 등 이 일대의 산을 모두 태백산이라고 불렀다. 태백산사고를 관리하는 각화사는 의성 고운사孤雲寺의 말사末寺로, 수도하는 승려가 한때 800명이 넘어 3대 사찰의 하나였으며, 절 뒤 외진 곳에 태백산사고를 지어 《조선왕조실록》을 지키도록 하였으나, 1910년 사고와 절이 소실되었다.

1926년에 중수重修하였으나, 옛 절터에 남아 있는 3층 석탑과 귀부(龜趺, 거북 모양으로 만든 비석의 받침돌)가 전하나 이 모두가 마멸과 파손이 심하여 정확한 고증이 어렵고, 특히 귀부는 비석이 없어져 유래와 시대를 알 수 없게 되었다.

태백산사고는 집터마저 사태로 허물어졌으며, 《조선왕조실록》은 부산 국가기록원에 정부 문서와 함께 보관하고 있다.

본래 춘양은 안동부에 속해 있었으나 1798년 11월 8일의 일성록에 의하면 봉화 현감 채홍직蔡弘直이 상소하여 백성이 겪는 폐단에 대해 진달하고, 안동부의 춘양면을 봉화현으로 옮겨 소속시켜 주기를 청하였다.

"태백산사고는 바로 봉화 지역에 있는데, 그 산 아래에 춘양이라는 옛 고을은 바로 안동 땅입니다. 그 경계가 뒤섞이고 빙 둘러져 있어 사고에 왕래할 때 봉화에서 반드시 춘양 땅을 지난 다음, 또 돌아서 사고에 들어갑니다. 그러므로 실록과 《선원록》을 주고받고 사인使人을 맞이하고 보낼 때 봉화현이 전적으로 피해를 받고 있습니다. 그곳의 사민士民들이 일제히 신에게 춘양 땅을 잘라서 봉화현에 소속시켜 달라고 하였습니다."

나는 각화사 '月影樓'에 서서, 각화사로 오르는 산길을 내려다 보면서 실록을 봉안하러 왔던 한 사관史官을 떠올렸다. 1657년 대제학 채유후蔡裕後와 대교 이명익李溟翼의 연輦을 앞뒤의 사대射隊 3초哨와 포수 20명의 호위를 받으며 각화사에 도착하여 태백산에다 실록을 봉안하였다. 이명익은 퇴계의 숙부 송재 이우李堣의 현손玄孫으로 봉화 유곡의 권상충權尙忠의 사위이다.

어느 해, 이명익은 권씨 부인과 함께 처가의 잔치에 가게 되었다. 권씨 부인은 몇 해 만에 친정에 가는 길이었다. 누구나 고향의 추억은 아름답고 그윽한 향수가 있겠지만, 우애로운 형제자매들과 보낸 어린 시절의 정답던 추억이 남달랐다. 어린 시절, 목霂, 국䕰, 홍霐 세 오라버니들을 따라서 너럭바위 미끄럼을 타고 놀았던 석천 계곡을 상기하며 발걸음이 점점 빨라졌다.

"부인, 그러다가 넘어지겠소. 좀 천천히 갑시다."

이명익의 염려에도 소용이 없었다. 권씨 부인은 부모형제 동기간의 반기는 얼굴을 잔뜩 기대하며 청암정 옆 친정집 대문을 들어섰다. 종가의 잔치에 일가친척과 온 마을 사람들이 모여서 떠들썩하였다. 그런데 친정 식구들은 기대한 만큼 명익 내외를 반기지 않았고 하인들까지도 업신여기는 눈치였다.

그날 밤, 명익 내외의 잠자리는 하인들이 쓰던 문간방이었다. 사위는 백년지객으로 잔칫집에 흔한 게 음식인데, 음식 대접도 소홀하였다. 권씨 부인은 잠자리에 들었으나 친정 권속들의 차별적 태도에 잠이 오지 않았다. 신랑 명익을 대하는 태도는 도저히 참을 수 없었다.

"참으로 송구스럽습니다." 권씨 부인은 몸둘 바를 몰랐다.

"부인, 너무 괘념 마시오." 부인의 불편한 마음을 알고 달래었다.

뜬눈으로 밤잠을 설친 권 부인은 날이 밝기도 전에 신랑 명익을 깨워서 친정집을 빠져 나왔다. 이명익 부부는 100리 길을 나막신을 벗어 들고 맨발로 새벽길을 걸었다. 발이 부르터서 찢어져도 이를 악물고 쏟아지는 눈물을 참았다. 그후 권씨 부인은 길쌈으로 명익을 청량산에 보내어 글공부를 시켜서 과거에 급제하였다. 명익은 충청감사를 지냈으나 정부인貞夫人 권씨는 세상을 떠날 때까지 닭실 친정에 발걸음 하지 않았다. 후일에야 알게 되었지만 젊은 사위가 서책을 가까이하지 않는다는 사정을 알고, 친정아버지 권상충權尙忠께서 계획적으로 꾸민 것이었다.

'아, 저 문수산 너머 달실에 처가 권속들이 있으련만…'

조선왕조실록은 공정성과 객관성을 지켜내기 위하여 매우 엄격한 규율에 따라 작성되었다. 1498년의 무오사화戊午士禍는 사초史草를 빌미로 사림파를 제거한 사건이다.

이극돈李克墩이 김일손이 쓴 사초史草에 자신에 대한 나쁜 기록을 발견하고 삭제를 요구했으나 들어주지 않자, 세조의 불륜과 계유정난에 대해 쓴 사초를 연산군에게 보고하면서 유자광柳子光과 모의하여 김종직의 '조의제문弔義帝文'을 세조의 왕위 찬탈에 비유하였다. 연산은 김일손을 능지처참陵遲處斬하고, 김종직은 부관참시剖棺斬屍 당하고 수많은 선비들이 화를 입었다. 청도의 자계서원紫溪書院은 탁영濯纓 김일손金馹孫을 배향하는 서원으로 '자계紫溪'는 서원 앞의 냇물이 3일 동안 붉게 흘렀다고 유래한다.

실록은 반드시 해당 왕의 사후에 작성되었으며, 제위 중인 왕은 물론 다음 왕도 실록을 확인하지 못하였다. 심지어 왕이 '기록하지 말라'고 한 말까지 기록하였으니, 사관들은 독립성을 부여받아 사소한 사항까지도 있는 그대로 작성할 수 있었으며, '사관은 논한다(史臣曰).' 식으로 사관의 의견을 적을 수 있었다.

실록 제작은 1차 자료에서 중요한 사실을 가려 초초初草를 작성하고, 초초본을 편집해 중초中草를 작성하고, 마지막으로 실록청의 수장인 총재관과 도청 당상이 재차 수정하고 문장을 통일해 정초正草를 작성한다. 완성된 실록은 각 사고史庫마다 1개씩 보관하고, 마지막 작업으로 초초본과 중초본을 시냇물에 씻어 없애는 세초를 했다. 세초洗草란 초초와 중초본을 물에 씻어서 글자를 영원히 없애는 작업이었다. 실록 편찬 과정은 세계적인 역사기록의 편찬 과정이다.

실록은 종이로 만들어졌기 때문에 화재의 위험이 크고, 곰팡이나 세균으로부터 안전하게 보관하기 위하여 바람에 쐬고 볕에 바래는 포쇄曝曬하였다. 1709년 가을, 태백산사고 포쇄별감 신정하申靖夏의 〈포쇄曝曬〉 詩에서 포쇄 과정을 알 수 있다.

> 두 번 절한 뒤 손수 자물쇠를 열고서 / 연선대蓮僊臺 가에서 포쇄를 하네. / 귀한 상자 서른여섯 개를 내놓으니 / 해가 하늘 중앙에 이르렀네. / 지나는 바람에 때로 함께 책장을 열고 / 날아가던 새가 홀연히 책에 그림자를 드리우네. / 때때로 서적 가운데서 / 시시비비를 스스로 깨닫네.

중국의 실록은 이미 남북조 시대부터이었으나, 왕조의 실록 편찬이 제도화된 것은 당대唐代 이후이며 이 제도는 일본과 한국에도 도입되었다. 일본의 실록은 세이와 천황淸和天皇을 비롯한 3명의 천황 통치시기에 있던 사실들을 기록하는 등 중국 실록과 《조선왕조실록》과는 다소 차이를 보인다. 중국의 명·청 실록은 이미 원시 자료의 취사선택과 정치적 이유 등으로 '파기', '삭제', '개수改修'를 거쳐서 왜곡되었으나, 《조선왕조실록》은 객관성과 공정성을 지키기 위해 왕이라도 사초를 마음대로 볼 수 없었으며, 사신의 논평이 수록된 점이 특징이다.

《조선왕조실록》 원본은 서울대학교 규장각과 부산의 국가기록원, 평양의 인민대학습당에 있으며, 조선의 정치·사회·문화에서 종교·천문에 이르기까지의 종합사서이며, 국왕뿐 아니라 민중의 삶을 기록한 종합적 문화사이다. 류성룡의 《징비록》이 '스스로 징계해서 후환을 경계 한다.'는 의미인 것처럼, 《조선왕조실록》은 기록과 보전이 목적이 아니라 미래에 대한 지침이다.

'실록은 스스로 말하지 않고, 말을 걸 때만 말한다.'

태백산 사고의 실록은 부산국가기록원으로 이관되고 사고지史庫止는 빈터이다. '태백산사고 역사관'은 사고지史庫止가 아니라도 각화사 초입의 사하촌이나 백두대간수목원 인근에 자리 잡는다면 수목원과 연계할 수 있어 접근성과 관리에 효율적이란 생각을 해보았다. 아니면, 춘양의 남화사터(覽華寺址)는 어떨까.

도심촌

사하촌에서 우구치 방향으로 배고개를 넘어야 했다. 한 고개를 넘고 다시 두 번째 고개를 내려가니 갑자기 시야가 넓게 트이면서 건너편 산기슭을 따라서 촌락이 연이어져 있었다. 춘양에서 바라보았던 의양리 뒤쪽에 무지개처럼 둥글게 둥실 떠오르는 듯한 산, '아, 그 산은 바로 문수산'이었다.

배고개에서 내려다보이는 운곡천 강 건너의 마을은 도심리이다. 골이 깊다고 하여 도심道深이라 했는데, 지금은 인심이 좋은 곳이라 하여 도심道心이라 한다. 운곡천을 따라서 문수산 기슭에 자리잡은 새터, 삼밭골, 배나무골, 숯터골, 용소, 당재, 구억마, 감동골, 감나무모태, 황터 등의 자연부락이 저마다 전설을 지니고 있다.

용소龍沼는 운곡천이 깊은 소沼를 이룬 곳으로 신비스런 전설이 있다. 이 마을 어느 집에서, 한 아이가 태어나자마자 스스로 걸어서 윗목에 앉으니, 부모가 겁이 나서 아이의 발목의 힘줄(아킬레스건)을 끊어서 힘을 못쓰게 했다. 그 장수가 죽자 용마가 높이 솟아서 발버둥 치며 울다가 소沼에 빠져 죽었다고 한다.

삼밭골은 삼(대마)을 재배하였던 곳이고, 배나무골은 옛날에 큰 배나무가 있었다. 당재는 시아버지가 며느리에게 밑 빠진 독에 물을 가득 채우라 하여 며느리가 독에 물을 채우다 쓰러져 죽자, 동네 사람들은 며느리의 영혼을 달래기 위하여 지날 때마다 돌을 쌓아 주었다고 한다. 당재로 올라가는 산밑 구석진 곳에 있는 마을이라 해서 꿩마 또는 구억마라 부르게 되었다 한다.

춘양 운곡천 수구水口에서 우구치까지에 이르는 문수산과 태백산 사이의 분지의 기름진 터전이 옛 소라국의 영토였던 것이다.

황터는 소라국의 구리왕句利王이 살았다는 전설과 함께 마을 앞 비석에 '구리왕위패묘기성황위句利王位牌墓基城隍位'라 적혀 있다.

약 1980년대까지만 해도 동네 앞 숲에 당집이 있었고, 그 안에는 구리왕의 위패와 구리왕에 대한 내력을 적은 기록문과 구리로 만든 말 두 마리가 있어 매년 음력 대보름이면 마을에서 나는 곡식으로 제사를 지내 왔었는데, 구리로 만든 말 두 마리는 약 1980년에 분실되었고, 위패와 기록문은 새마을운동이 한창이던 당시 당집에 불을 놓아 소실되었다. 그후 동네 사람들이 구리왕 유적이 없어진 것을 몹시 아쉬워하였는데, 1982년에 황터마을에서 기금을 모아 옛날 당집자리에 비석을 세워 다시 옛 유적을 보존케 되었다.

황터 북동편 소라리로 넘어가는 재 이름이 성재이고, 그 잿마루에 석성을 쌓았던 유적이 남아 있다.

도래기재는 도력현道力峴이 변한 말이다. 백두대간이 태백에서 소백으로 이어지는 곳으로 강원도와 경상도의 도경계 지점이어서 갈아탈 말 10여 필과 역원驛院이 있었다는 도심역이다.

1597년 가을, 정유재란을 맞아서 겸암 류운룡이 어머니를 모시고 봉화로 피난했다가 이듬해 봄에 도심리道心里로 들어왔다. 그해 12월, 겸암의 아우 서애가 어머니를 뵈오려 이곳에 왔다. 1599년 4월 어머니를 모시고 고향 하외河隈 마을로 돌아가기까지 도심리에 있었다. 도심촌에는 인적 없어 낮에도 삽작문이 잠겼다고 했다.

류운룡은 〈도심촌道心村〉에서, 태백산 산중에 인적이 없고 눈이 많이 내렸는데 원안袁安처럼 눈을 치우지 않았다고 한다.

태백 산중에는 2월 달에 눈이 내리고,
도심촌 마을에는 인적 없어 낮에도 삽작 잠겼네.
이웃 사람아 자는 거위 때려 일으키지 마라,
두렵기는 원안袁安*의 편히 든 잠 깨우칠까 하노라.

감동골 마을 입구 큰 길가에 〈문경공겸암류선생文敬公謙菴柳先生〉 도심촌유적비가 있으며, 감동골은 농사를 지을 수 없을 정도로 가뭄이 들자, 겸암 선생이 공부하던 터에 기우재를 지냈더니 하늘이 감동하여 비를 내렸다고 하여 감동곡感動谷이라 했다.

도심리는 문수산이 성城처럼 막아 있어서 바깥세상과 격리된 삼수갑산이다. 한 나라의 재상宰相*을 지낸 서애 류성룡이 피난 후, 십승지로 꼽히는 특별한 곳이다.

* 원안袁安: 밖에 나가면 남에게 폐를 끼치게 된다고 눈을 치우지 않은 古事.
* 재상宰相: 임금을 돕고 모든 관원을 지휘하고 감독하는 일을 맡아보던 2품 이상의 벼슬.

辛酉年 龍吉寫

경술국치를 도저히 참을 수 없어 자결 순국한 향산響山 이만도李晚燾가 봉성면 동양리 와란에서 태어나 11살 때 도심리로 옮겨왔다. 그가 14살 때 그의 아버지 이휘준李彙濬이 화전을 일구고 지조芝草를 캐면서 주경야독晝耕夜讀으로 과거에 급제한 후 고향인 안동 도산으로 돌아갔다. 이스라엘 민족이 광야에서 먹을 음식과 마실 물이 없어 방황하고 있을 때에 여호와가 하늘에서 날마다 '만나manna'를 주듯이 가난한 자가 살아갈 수 있는 곳이니, 춘양의 장춘계藏春計가 틀림없다.

도심리는 난세의 피난처이기도 하지만, 병마病魔의 전염이 차단된 오지奧地에서만 가능한 약초재배의 적지로서 고랭지 약초를 생산하고 있다. 도심리의 한약 작황에 한약진흥재단 및 한약업자들의 관심이 집중되고 있을 정도로 전국 약초 생산량 중에 비중이 큰 편이다.

석문동 전설

각화사에서 서벽 방향의 애당艾堂은 마을의 안녕을 빌던 사당 주위로 쑥들이 무성하여 붙여진 이름이다. 마을 뒷산 깊숙한 곳에 있는 석문동이 있다. 석문동으로 통하는 오무골에 오토캠핑장이 있다. 이곳에서 계류를 따라서 울창한 숲속으로 들어가면 석문동이란다.

석문동을 흔히 옥문玉門이라고 하는데, 옥문은 무릉도원으로 통하는 신선들의 문이고, 석문은 청산青山으로 들어가는 사람들의 문이다. 화전민이 살던 허물어진 굴피 집과 묵정밭을 지나 오르면 길 양편의 큰 바위에 석문石門이라 쓰여 있다.

석문동으로 들어가는 석문을 지나서 한참을 오르면 찔레나무와 칡넝쿨로 뒤엉킨 곳을 피해서 암벽을 타고 오르면 갑자기 눈앞이 훤히 트이는 곳에 서면 울창한 숲 저 멀리 태백산 천제단이 까만 점으로 올려다 보인다. 태백산까지 산과 골짜기가 겹쳐 있는 깊은 숲속에 구마계곡, 백천계곡, 그리고 석문동이 있다. 사시사철 복숭아꽃이 피고 신선이 사는 곳, 어떤 이는 석문동에 갔다가 하루를 지내고 집에 돌아오니, 100년이 지난 자신의 제삿날이라 하였다.

이희춘 시인은 〈유년의 기억〉에서, 영원한 것들은 언덕 너머에 있다고 했다.

> 내 어린 시절에 나는 들었네.
> 영원한 것들은 언덕 너머에 있고
> 바람은 그리운 쪽에서 불어온다고.
>
> 유년에는 낙원도 옆집에 살아
> 손들어 부르면 달려왔었지.
> 무슨 낙원인들 새로 만들 것은 없고

그저 풀잎에 기댈 수 있다면 그게 낙원이지.
내 키가 커질수록 자유는 더 먼 곳으로 물러갔지만
무엇이나 가 닿을 수 없는 것들이 가슴을 뛰게 하는 것.
(…)

아침 햇살이 서쪽 옥돌봉에 반사되어 찬란한 빛을 비춘다고 하여 동네 이름이 서벽西碧이다. 문수산과 각화산 사이로 넓은 개활지는 마르지 않는 운곡천 농수로와 따뜻한 햇볕, 밤의 찬 공기로 인해 밤낮의 일교차가 큰 이곳은 사과농사와 고랭지채소 재배에 적당하여 봉화군의 다른 지역에 비해서 농촌 소득이 높은 곳이다.

서벽 마을은 퇴계의 숙부 송재 이우李堣의 종파宗派(서벽파)의 집성촌이었다. 안동 도산 온혜 마을의 송당골에 있던 송재 종택이 소실燒失된 후 종손宗孫 이종수李鍾洙가 이곳에 옮겨와서 살았다. 그는 서벽에 살면서 '송재 선생 문집'을 편찬하였으며, 일제에 빼앗겼던 안동부의 '애련정愛蓮亭'을 되찾았다.

애련정은 6.25 전란에 폭파되었으나, 송재 이우李堣가 퇴계 형제들을 가르치던 역사적 문화유산으로서, 지금은 안동 유교문화단지에 복원되었다. 이종수의 손자는 영화 '박하사탕'의 각본을 써서 감독을 맡았으며, 손녀는 안동 외내〔烏川〕 마을의 탁청정濯淸亭 종부가 되어 탁청정의 세 아들 김부인, 김부신, 김부륜이 공부하던 서재와 탁청정 김유金綏의 《수운잡방需雲雜方》과 디딜방아, 한석봉이 쓴 탁청정 현판과 퇴계의 시판詩板 등 민속자료들을 정갈하게 관리하고 있다.

1907년 일본의 침략이 더욱 노골화하여 헤이그밀사 사건으로 고종이 강제로 선위하고 정미칠조약으로 한국 군대가 해산 당하자, 전국의 의병들이 연합하였다.

이듬해 2월 17일 용소동전투龍沼洞戰鬪, 2월 26일의 갈기동전투葛其洞戰鬪, 3월 12일 백담사전투百潭寺戰鬪에서 전과를 거두었다. 5월 18일 태백산 지역의 항일의병 변학기邊鶴基,성익현成益顯·이강년李康秊·김상태金尙台, 민긍호閔肯鎬 등이 봉화군 내성을 공격하러 가는 길에 서벽리에서 일본군 정찰대를 공격하여 50여 명을 사살하였다. 의병대장 이강년李康秊은 6월 4일 청풍 까치성 전투에서 복사뼈에 탄환을 맞아 적에게 포로 되었다가 평리원에서 교수형 당하였다.

1919년 삼일만세 운동이 서벽에 전해지면서, 그해 4월 5일 정태준·이인락·이봉락 3명이 서벽장터에서 태극기를 들고 대한 '독립 만세'를 부르다가 일본 경찰에 검거되어 큰 고초를 겪었다.

서벽초등학교 교정의 「봉화서벽항일의거기념비奉化西碧抗日義擧紀念碑」는 서벽 사람들의 충절을 기리기 위한 것이다.

태백산 속의 작은 마을 서벽西碧 사람들은 농사를 짓고 살았으나 수신·제가·치국·평천하의 유학의 정신으로 국난에 적극적으로 대처하여 시대時代마다 역사를 쌓아왔다.

범 내려온다

서벽 마을은 국내 최초의 '산림탄소순환마을'이기도 하다. 탄소배출을 줄이는 저탄소 녹색마을이 조성되면, 간벌재, 폐목재와 같은 산림 바이오매스(biomass) 이용 활성화로 화석연료 사용에 따른 이산화탄소 배출이 없는 청정마을이다. 지혜의 부처인 문수보살文殊菩薩을 상징하는 문수산은 송이버섯이 예사로 돋아나고, 순한 노루나 맵시 날렵한 장끼를 품은 금강송 숲을 이루었는데, 이곳은 자연과 일체가 된 순박한 사람들이 숲이 허락한 손바닥만한 빈터를 일구어 옥수수·감자·무·배추를 가꾸고 후학을 가르치며 정답게 살아가는 초월적 공간이다.

새 울고 꽃 피는 일밖에 없던 조용한 서벽리西碧里가 2009년부터 갑자기 달라지기 시작한 것은 한국수목원관리원이 문수산 동쪽 기슭 서벽리 일원 5,179ha 면적에 2009년부터 2013년까지 총 2,300억 원을 투자해 국립 백두대간수목원을 조성했다. 수목유전자원의 보전 및 자원화를 위해 백두대간수목원을 비롯하여 국립세종수목원, 2027년 개원 예정인 국립새만금수목원 등 기후 식생대별로 국립수목원을 운영 관리하고 있다.

46억년의 지구 역사에서 5번의 빙하기를 겪었다. 빙하기는 금방 올 수도 있지만, 기후는 서서히 변화하면서 어느 시기에는 크레바스에서 볼 수 있었던 약 15,000년 전의 맘모스처럼 '호모사피엔스'도 지구에서 사라지게 된다. 노아의 방주나 모세의 출애굽기는 과거에 있었다던 성경 이야기이지만, 기후 변화는 상상想像이 아니라, 피할 수 없는 현실이 될 수 있다.

백두대간국립수목원의 시드 볼트(Seed Vault)는 세계에서 유일한 야생식물종자 보관소이다. 시드 볼트는 아시아 최초의 지하 터널형 종자 영구 보존시설로서 기후변화, 자연재해 및 핵폭발과 같은 지구 대재앙으로부터 식물 종자를 보존하기 위해 40m 깊이의 지하에 설치되었다.

시드 볼트(Seed Vault) 등 21개 건물과 아시아 최대 규모 암석원 등 27개의 전시원으로 이루어져 있고, 2,002종 386만 본의 보유 수종이 식재되어 있다. '시드 볼트'는 2016년 2월부터 현재까지 3년 10개월 동안 195과 1,178속 3,478종 55,039점의 종자와 희귀식물 깽깽이풀(EN) 등 313종(60.5%), 특산식물 한라송이풀 등 157종(43.6%) 포함 현재 5만 5000점을 저장하고 있다.

백두대간수목원의 인근은 우리나라 자생식물의 33%가 서식하고 있는 중요 생태축이다. 그중 특산 식물이 27%, 희귀식물이 17%이며, 백두대간에 서식하는 식물뿐만 아니라 기후 변화에 취약한 온·

한대 식물 종자를 수집해 보관하고 있으며, 영구 저장된 종자는 정향나무·금강애기나리 등 희귀식물과 태백기린초·산앵도나무 등 특산식물, 지구온난화로 개체수가 줄이든 고산식물인 주목·구름체꽃 등이며, 전 세계 국가 및 기관에서 위탁받은 종자를 무상으로 영구 보존, 총 200만 점 이상을 저장할 수 있도록 설계되었다고 한다. 현존하는 유일한 종자 영구 저장시설인 노르웨이 스발바르 국제종자저장고(SGSV)가 저장하고 있는 약 72만 점(2015년 기준)과 비교해보면, 백두대간수목원 시드 볼트의 그 규모를 짐작해볼 수 있다.

백두대간국립수목원의 중요 시설은 우리나라 미래의 산림 자원을 보존하는 종자 저장시설 시드 볼트와 대형 한랭·온실을 비롯해, 알파인 하우스, 백두산을 상징하는 동물인 백두산 호랑이를 방사하는 호랑이 숲 등 다양한 주제를 조성한 수목원이다.

문수산을 비롯해서 백두대간에는 한국 전쟁 이전까지 백두산 호랑이가 살았던 곳으로서, 백두대간수목원의 호랑이 숲은 기후나 토양이 호랑이 서식에 적합한 곳이다. 백두산호랑이는 한반도에 서식하는 시베리아호랑이라고 한다. 한반도는 만주와 시베리아까지 광대한 지역이 호랑이 서식지로 적합하여 호랑이와 표범이 매년 수백 마리 포획되었다고 한다. 중국 사람들은 조선에는 호랑이가 많다는 뜻으로,

"조선에는 반은 호랑이가 사람을 잡고, 나머지 반은 사람이 호랑이를 잡으러 다닌다."

호피는 나라에서 상賞으로 내릴 정도로 귀중한 물품이어서, 조선 포수들은 호피를 상하지 않게 호랑이의 눈을 조준해서 총을 쏘았다고 한다. 호랑이는 사람을 헤치는 해로운 동물이지만 서식지 파괴와 사냥으로 인해 호랑이 수가 감소하면서 1724년에는 호표피를 진상하는 제도가 폐지되었고, 포수가 호랑이를 잡아오면 관아에서 형식적으로 곤장을 3대 때리고, 포상금을 주었다.

이곡李穀의 《가정집》에 강릉객사의 동헌東軒의 詩를 차운하여,

> '맹호보다 사나운 정사' 만나지만 않는다면　但自不逢苛政虎
> 고을 백성은 원래의 신선으로 되돌아가리라.　州民元是一群仙

'맹호보다 사나운 정사'란 《예기》의 〈단궁하檀弓下)〉의 기록으로, 공자가 제자들과 함께 태산泰山을 지나는데 한 아낙네가 묘墓 앞에서 통곡하고 있는 것을 보고 어찌 된 영문인지 물었더니,

"예전에 시아버지와 남편을 호랑이가 잡아먹었는데, 이제는 아들까지 잡아먹었다."

"그렇다면 왜 이곳을 떠나지 않느냐?"

"여기는 가혹한 정사가 없어서 그렇다."

공자가 제자들에게 "너희들은 기억해 두어라. 가혹한 정사는 맹호보다도 사나운 것이니라.〔小子聽之, 苛政猛於虎.〕"라고 하였다.

이날치 팝 밴드의 '범 내려온다'는 전통 판소리에 현대적인 팝 스타일을 조화시킨 음악이다. 이날치는 조선의 명창 이날치李捺治에서 따왔다. 날치와 같이 날쌔게 줄을 탄다고 불린 이름이다.

범 내려온다 범이 내려온다
장림 깊은 골로 대한 짐승이 내려온다
몸은 얼숭덜숭 꼬리는 잔뜩 한 발이 넘고
누에머리 흔들며/전동같은 앞다리/동아같은 뒷발로
양귀 찌어지고/쇠낫같은 발톱으로 잔디뿌리 왕모래를
촤르르르르 흩치며/주홍 입 쩍 벌리고 워리렁 허는 소리
하늘이 무너지고 땅이 툭 꺼지난 듯/자래 정신없이 목을 움추리고
가만이 엎졌것다/범 내려온다 범이 내려온다 (…)

'범 내려온다'는 판소리 수궁가에서 나오는 노래 가운데 하나다. 토끼를 찾으러 절벽을 오르다가 온 힘을 다 쓰고만 자라가 마침내 절벽에 올라 저 멀리 깡충깡충 뛰어가는 토끼를 발견했다. 자라가 "토선생!" 하고 부른다는 게 그만 힘이 빠져 "호선생!" 하고 발음이 새버렸다. 마침 그때 범이 자신을 선생님이라 부르는 소리를 듣고, 신이 나 한달음에 산을 내달리는 모습, 이에 겁에 질려 바닥에 바짝 엎드린 채 어쩔 줄 몰라 하는 자라의 위기상황을 그렸다.

국립중앙박물관, 필자 미상 호랑이 민화 81.8× 54.0cm

새 낫 같은 발톱으로 엄동설한 백설격으로 잔디 뿌리 왕모래 좌르르르르르르 흩이고 주홍 입 쩍 벌리고 자라 앞에 가 우뚝 서 홍앵앵앵 허는 소리가 산천이 뒤덮고 땅이 툭 꺼지지 난 듯 자라가 깜짝 놀라 목을 움치고 가만히 엎졌을 제 온다는 그 범은 무섭기보다 귀엽다.

'호랑이를 그리려다 개를 그린다(畵虎畵狗).'는 말이 있다. 판소리, 민화, 옛날이야기 등에 등장하는 범은 어리숙하고 순박한 캐릭터다.

6.25 전쟁 때 서식지가 파괴되면서 호랑이는 더 깊은 산속으로 사라졌다. 1950년 여름, 피난 시절에 봉화 명호 역개 마을에서 바라보이는 풍락산에 밤이면 '반딧불이' 같은 작은 불이 산줄기를 타고 빠르게 움직이는 것을 자주 목격하였다. 그러나 호랑이의 생존에 필요한 영역과 먹이의 양을 생각하면, 그것이 호랑이인지 확신할 수 없다. 백두산 호랑이는 우리 민족과 한반도를 상징하는 동물이기도 하다. 백두대간 1,400km를 따라 한반도의 남북을 자유롭게 호령하던 백두산 호랑이는 현재 동북아 지역에 남아있는 약 130~150마리로서 멸종위기종으로 지정되어 있다.

국립백두대간수목원은 백두산 호랑이의 종 복원을 위해 문수산의 중턱에 축구장 7배 크기(3.8 ha)의 숲에 호랑이 자연 서식지와 유사한 환경의 '호랑이 숲'을 조성하여, 서울대공원에서 옮겨온 암컷 '한청'이와 수컷 '우리' 한 쌍을 방사하고 있다.

지리산에 곰을 방사하고 있다. 태백산 수림지대는 본래 호랑이의 터전이었으니, '우리'와 '한총이'가 제자리로 돌아온 셈이다.

아낌없이 주는 나무

서벽西碧에서 우구치 쪽으로 오르면 두내 약수탕 인근의 문수산 춘양목산림 체험관 일대의 삼림은「봉화 춘양 문화재용 목재 생산림」으로 지정되어 있다. 이곳의 1,488그루는 나무마다 지정번호를 매기고 황색 페인트로 띠를 둘러 관리하는데, 문화재를 복원할 때 사용할 목재로 키우고 있다.

조선시대, 태백산에서 임금의 관棺을 만드는 황장목黃腸木을 벌채하여 우구치 너머 한강까지 목도로 옮겨서 뗏목을 만들어 한양도성으로 수운水運하였다.

창설재蒼雪齋 권두경權斗經은 황장목을 바치느라 고생하고 삼림이 황폐화 되는 참담한 현실을 詩 〈황장탄효악부〉로 탄식하였다.

그대는 태백산이 좋다하나 나는 태백산이 고통스럽네.
태백산에 황장목이 있으니 안동은 낙도樂土가 아니네.
백두산을 옮기긴 쉬워도 황장목은 얻기 어렵네.
누가 봉화사람을 생각할까 옷도 없이 눈 속에서 울고 있네.
열여섯 살 양양의 여인이 청루에서 큰 독을 마주했네.
함께 황장탄을 노래하고 백도제를 노래하지 않네.

구월에 산에 올라가서 한겨울이 되어도 돌아오지 않네.
공연히 판 물리라는 소리를 듣고도 만인의 고통을 살피지 못하네.
절벽과 천 겹의 고개를 더위잡고 오르나 몇 번이나 넘어졌나.
어찌 백발을 재촉하여 절반 넘게 속이 누렇게 되었나.

이백의 〈양양가襄陽歌〉에서 양양의 소녀들이 백동제白銅鞮를 노래하였지만, 이곳에서는 황장목을 탄식하였다.

실버스타인(Shel Silverstein)의 〈아낌없이 주는 나무〉에 소년은 나무에 올라가 열매를 따먹었다. 나무와 소년은 행복한 시간을 보냈다. 돈이 필요한 소년에게 나무는 자신의 열매를 팔아서 돈을 만들라고 하자, 소년은 그렇게 했다. 어른이 된 소년이 나무에게 돌아왔다. 나무는 옛날처럼 소년과 즐거운 시간을 보내고 싶어 했으나 소년은 자신이 필요한 것은 집 지을 나무라고 했다. 나무는 자신의 가지를 베어다 집을 짓게 했다. 소년은 늙어서 돌아왔다. 나무가 그 소년에게 말했다.

"너에게 더 줄게 있으면 좋겠는데…내게 남은 것은 아무것도 없구나, 늙어 버린 나무 밑동밖에 안 남았어…미안해"

목수는 100년밖에 못 살지만 그 목수가 지은 집은 천년을 간다는 말이 있다. 언젠가 귀히 쓰일 날을 기다리며, 70년생 아름드리 춘양목(금강송)들이 하늘을 찌를 듯 건강하게 생장하고 있다.

국립 문화재 수리재료센터는 문화재 수리용 재료를 국가에서 안정적으로 공급해 문화재의 원형보존과 체계적인 보관·활용하는데 목적이 있다. 문화재수리용 목재의 생산·유통의 민간시장 의존으로 공급난이 심해져 문화재수리용 목재 공급기관의 필요성이 제기되어 왔으며, 숭례문 방화사건을 계기로 센터 설립의 필요성이 절실해졌다. 특히, 직경 45cm 이상, 길이 7.2m 이상의 특대재는 국내산 목재의 적기 공급이 어려워 국보·보물 등 중요문화재 수리에 수입산 목재를 사용하거나 충분히 건조되지 않은 목재를 사용하여 품질에 대한 문제가 지속적으로 발생하고 있다.

문화재 수리재료센터는 목재건조·가공시설, 품질시험실, 부재보관소, 전시·체험관 등 숲속의 대장간이다.

문수산과 옥석산 등 우구치 일대는 금강송뿐 아니라 낙엽송이 116ha 넓은 면적에 분포되어 있다. 1984년도 대규모 낙엽송 조림 성공지로 생육상태가 양호하고 봉화군과 강원도 영월군 김삿갓 면으로 이어지는 해발 1000m가 넘는 옥석산과 선달산 사이 봉화군 춘양면 우구치리 일대의 임도변에 8만 1200그루의 낙엽송이 해발 740~1180m에 수령 평균 32년생 낙엽송의 높이는 10~28m에 이르고, 6.8km의 임도를 개설해 비교적 평탄한 숲길이다.

대규모 국유림으로 경관과 생태적 가치가 우수하며, 외씨버선길과 인접하고 있다.

숲속의 나무는 혼자 외따로 존재하지 않고 동식물과 미생물, 그리고 인간이 서로 소통하는 생명의 연결망을 형성하고 있어, 태초부터 산에는 정령이 있다고 믿어 왔다. 우리 민족의 산신령이나, 프랑스의 야차(夜叉, Yaksa, 숲과 산의 정령) 등 세계 각 지역마다 이름은 다르지만 사람들은 정령이 있다고 믿었다.

황금의 땅, 마더로드

서벽 마을을 지나 춘양에서 도래기재를 넘어서 문수산 고원분지의 극치인 우구치에서 약 2km쯤 숲속으로 들어가니, 금정광산이 있었던 상금정 마을이다.

1945년 광복이 되면서 금정광산은 누구든지 금을 캤으며, 금의 선광 및 제련이 간단하여 소규모 시설로도 가능하였으나, 금광업에 대한 특별한 시책도 없게 되자, 소규모 채굴자도 떠나고 점차 광산의 설비물들이 파괴되어갔다. 지금은 몇 가구가 남아서 돌투성이 비탈에 밭을 일구어 고추와 감자를 심고 송이나 산나물을 캐서 생활하고 있다.

금정 폐광산은 1923년부터 43년까지 금과 은이 대량 채굴된 데 이어 72년 함태탄광에 인수되어 93년까지 다시 채굴됐으나, 97년 이후 남은 광미와 광폐석 50만㎥가 버려진 채 폐광산이 잡초 속에 묻혀 있었다. 봉화에는 금광이 두 군데 있었다. 창평천 상류의 다덕광산과 태백산맥과 소백산맥이 갈라지는 경상북도와 강원도 접경에 위치한 봉화군 춘양면 우구치리牛口峙里 금정광산이다. 우구치牛口峙는 도래기재에서 바라보는 골짜기의 생김새가 소의 입을 닮았다고 한다. 금정광산은 서벽에서 '도래기재' 너머 오른쪽 숲길로 5Km쯤에 위치해 있다.

태백산에는 금송아지 두 마리가 사는데, 한 마리는 북쪽 금대봉에, 한 마리는 남쪽 구룡산 자락에 묻혀 있다는 전설이 있었다. 이 전설을 믿고 금송아지를 찾으려는 이들이 산을 뒤지고 다녔다.

1932년 남쪽 구룡산 골짜기 우구치리에서 광산왕 김태원金台原이 노다지 광산을 발견하였다. 그는 이재理財에 밝아서 젊은 시절은 낙동강을 오르내리면서 쌀장사를 했다. 그의 능력을 인정한 백산白山 안희제安熙濟가 그에게 백산상회의 지배인을 맡겼다. 백산상회가 상해임시정부에 독립자금을 송달한 것을 일제가 알고 관련자들을 검거하면서 김태원이 증거 서류를 소각하고 잠적하였다.

산속으로 피신하게 된 김태원은 금광(土店)에 대한 정보를 알게 되면서 금맥을 찾다가 금정광산 부근의 지질이 선캄브리아대의 편마암이 분포되어 있으며, 이를 화강암이 둘리싸고 남북 수 km나 노출되어 있다는 것을 알았다. 1923년 금정광산을 등록한 지 10년 만에 노다지 금맥을 발견하게 된 김태원은 1932년 일본인들에게 55만원을 받고 광업권을 넘겼다. 그는 이 돈으로 대구에서 학교를 설립하였으며, 전쟁자금이 필요한 일제에 의해 금정광산을 본격적으로 개발하게 되었다.

금정광산은 1932년 당시 매장량이나 금의 질이 세계적으로 우수한 금광으로 233kg의 금을 생산했었다. 전쟁물자 조달을 위해 금이 필요한 일본인들은 산 너머 무랭이골에서 캐낸 광석을 제련장이 있는 금정까지 나르기 위해 터널을 뚫었으며, 영월화력발전소에서 송전된 전기를 1차 변전 한 후 안동·영주로 송전하는 봉화군 최초의 변전소가 생겼으며, 전국 각지에서 사람들이 몰려 골드러시를 이루면서, 학교가 설립되고 상설시장이 열리고 극장이 생겼다. 도래기재에서 삼동산에 금정터널을 뚫어서 40여 리 도로를 닦았으며 대구에서 금정까지 시외버스가 다녔다. 황금의 땅 마더 로드(Mother Lode)가 된 것이다.

1848년 개울에서 사금을 채취하던 당시에 캘리포니아 콜로마에서 함유량이 높은 황금이 발견됐다. 1849년 골드러시(gold rush) 소문은 전 세계로 확산되면서 포티나이너스(49ers, Forty-niners)라고 불리는 이민 물결이 캘리포니아 황금의 땅 마더 로드(Mother Lode)로 몰려들었다.

일제는 1931년 만주사변과 1937년 중일전쟁을 일으켜 전쟁에 필요한 지하자원을 개발하면서 금을 비롯한 모든 광업이 대성황을 이루게 되었다. 1936년 산금액産金額은 우리나라에서 광종별 산출액의 63%를 차지할 정도여서 우리나라 광업 제1위였다.

중석(텅스텐)은 금속 중 내식성이 강하여 주로 공구류와 군사용 무기로 이용되고 아연은 철강재의 부식을 막는 도금으로 사용한다.

일제는 태평양 전쟁을 하면서 금정에서 가까운 상동에서 중석을 캐고 금정계곡 맞은편 구점골에서 아연을 캐면서 계곡을 건너는 삭도를 설치하였다. 일본인들은 전쟁에 필요한 아연과 중석을 캐기 시작하면서 금 개발은 쇠퇴하였다.

1932년 당시 금정광산의 금은 추정광량 17만 3610t, 확정광량 2만 6400t이었다, 평균 품위는 Au(금) 7.57g/t, Ag(은) 2.43g/t으로서, 매장량이나 금의 질이 세계적으로 우수했다. 2만 6400t 중에서 233kg만 생산했었다면 나머지는 아직도 땅속에 있지 않을까?

'땅을 파기만 하면 쏟아지던 금맥이 갑자기 사라질 수 있을까?'

연암 박지원의 《열하일기》 '황도기략黃圖紀略'에, 조양문을 나서 못을 따라 남쪽에 두어 길 되는 허물어진 둔덕이 있으니, 곧 옛날 황금대黃金臺이다. 세상에 전하는 말에,

옛날에 도적 세 명이 함께 남의 무덤을 파서 금을 도적질하고는

"돈을 많이 벌은 판에 어찌 술 한 잔 사오지 않겠어."

그중 한 명이 술을 사러 가면서 마음속으로 축하하기를,

"금을 셋이 나누는 것보다는 내가 독차지하는 것이 좋겠지."

술에 독약을 타 가지고 돌아오자, 남아 있던 도적 둘이 갑자기 일어나서 그를 죽였다. 먼저 그 술을 마시고 금을 반분하려 했더니, 얼마 못 되어 둘이 함께 무덤 곁에서 죽고 말았다.

금정광산을 내려오면서 황금대기黃金臺記를 생각해 보았다.

'그 금은 굴러다니다가 또 딴 사람이 얻게 되었을 것이요, 또 앞사람 뒷사람을 거쳐 몇백 명을 독살했는지 몰랐을 것이다. 까닭 없이 갑자기 황금이 앞에 닥칠 때는 천둥처럼 두려워하고, 귀신에 홀린 듯이 뱀을 만난 듯이 반드시 물러서야 한다.'

《학봉집》에 학봉 김성일의 아버지 김진金璡은 황금을 보기를 돌같이 하여 온 집안사람들이 부황이 들어도 개의치 않았다고 한다.

문수방주

춘양의 프리랜서 권權씨는 금정에서 한강으로 흐르는 계곡물을 따라서 강원도 조제로 내려갔다.

"보물찾기는 미리 알 먼 재미없지요."

각화사에서 금정광산까지 백두대간의 수목원과 도심리의 신기한 전설을 마주할 때마다, 그가 한 말의 의미를 알게 되었다.

이제 혼자가 된 나는 자전거를 타고 도래기재를 내려가야 했다. '오르막이 있으면 내리막이 있다.'는 속담은 내리막이 쉽다는 뜻이지만, 자전거 사고는 주로 내리막에서 발생한다. 안전모를 쓰고 브레이크 작동을 점검하였다. 시선은 멀리 보면서 장애물이 있는지를 확인하고 코너링은 사전에 충분히 속도를 줄였다. 무엇보다 백두대간 자전거 로딩 기회는 누구에게나 언제나 주어지는 것, 차량의 통행이 거의 없는 내리막길을 코끝에 스치는 청정한 금강송 솔향을 맡으며 바람을 가르는 스릴은 사무사思毋邪의 '무아지경'이었다.

백두대간 수목원이 위치한 서벽 삼거리에서 문수산 주실령 길은 대중교통이 다니지 않는 완만한 경사의 산복도로이다. 이 도로의 왼쪽으로 펼쳐지는 문수산 기슭의 백두대간수목원 전체를 조망할 수 있다. 도심3리 마을에서 문수산을 올랐다. 금강송 군락지 사이로 이리저리 임도가 통하기 때문에 갈림길에서 방향을 정하기가 쉽지 않았으나, 문수산 아래의 서벽, 애당, 도심리 전체와 건너편 태백산 고봉들이 눈에 들어왔다. 문수산文殊山에서 내려다 본 1,000m가 넘는 백두대간의 준령에 둘러싸인 고원의 분지인데, 마치 성서(Bibel)의 방주(Noah's Ark) 모양이었다.

성서(Bibel)의 방주方舟는 창세기에 대홍수의 재난을 견뎌낸 신과 노아의 약속이다.

신神의 예고대로 분명히 7일 후에 폭우가 내리기 시작하여 40일 동안 계속되어 방주는 점차 수면으로 떠올랐지만, 지상의 가장 높은 산조차 물속에 잠겼다. 지표면에 남아 있던 생물은 사람이나 새나 짐승할 것 없이 모조리 숨이 사라졌다.

하나님이 노아의 방주를 기억하사 바람을 땅 위에 불게 하시매 물이 줄어 들었고 깊음의 샘과 하늘의 창문이 닫히고 하늘에서 비가 그치매 물이 땅에서 물러가고 백오십 일 후에 줄어들고 일곱째 달, 곧 그 달 열이렛날에 방주가 아라랏(Mount Ararat) 산에 머물렀으며, 노아는 새로운 땅에 씨앗을 뿌리고 동물들은 새끼를 낳았다.

창세기에 있었던 대홍수의 재난은 이미 있었던 5번의 빙하기와 오늘날의 기상이변 현상으로 미루어 보아 단지 설화가 아니라는 것을 유추할 수 있으며, 한 곳의 기상이변은 국지적局地的으로 그치지 않고 지구 전체로 파급되면서 지구 재앙을 예고하고 있다.

인도양 동쪽과 서쪽 바다의 해수 온도 차로 발생하는 '다이폴(dipole)'이 발생하면서, 전혀 상관없는 지역에까지 퍼져나갔다.

아프리카 동쪽 지방에 홍수가 발생했고, 아프리카와 중동과 인도를 거쳐 중국에까지 강력한 메뚜기 재앙이 발생했다. 호주는 불볕더위와 가뭄으로 대형 산불이 발생해 야생동물이 10억 마리 이상 희생되었으며, 북극권 고온현상으로 세상에서 가장 추운 -69.8℃의 베르호얀스크는 38도의 불볕더위, 러시아의 대형 산불, 북극권의 한랭전선은 한국·중국·일본에 최악의 홍수를 불러왔다.

문수산의 주실령은 옛날에 이곳까지 물이 차 있어서 배가 다녔다고 하여 배 주舟를 써서 주실령舟實嶺이라 하였으니,

'문수산이 혹시 아라랏이 아닐까?' 하는 생각이 들었다.

도심리에서 도래기재까지의 배 모양의 분지에 물이 차오르면,

'시드볼드(Seed Vault), 백두산 호랑이 가족, 1,488그루 목재림, 도심리 촌락, 석문동, 각화사, 서벽리, 금정광산…'을 싣고서 '문수방주'가 떠오를 것이다.

춘양의 비밀인 장춘계藏春計는 '문수산의 방주'가 아닐까?

3. 석조반가상

쑥밭 약수탕

태백산에서 소백으로 뻗는 백두대간 박달령과 도래기재 사이에 솟은 옥돌봉(1,244m)에서 남으로 갈래 친 산줄기는 문수산으로 내려와 봉화군을 북에서 남으로 가로질러 명호의 풍락산을 지나서 퇴계가 태어난 도산 온혜마을의 용두산으로 이어진다. 용두산이 예고개를 넘고 천둥산과 학가산으로 이어졌다가, 경상북도 도청 신도시의 뒷산 검무산(332m)에서 끝맺는다.

주실령은 낙동강과 내성천의 분수령이다. 주실령에 내린 비가 동쪽인 서벽으로 흘러내리고 춘양의 운곡을 지나서 명호에서 낙동강으로 흘러 들어가고, 주실령의 서쪽에 내린 빗물은 오전 약수 마을 쪽으로 흘러서 내성천의 원류가 되어서 봉화-영주-예천을 지나서 예천 풍천의 삼강나루에서 낙동강으로 흘러들어가게 된다.

주실령에서 문수산(1207.6m) 정상까지는 5km 정도 거리이지만, 걸어가야 하는 산길이다. 서벽 삼거리에서 주실령까지 땀을 뻘뻘 흘리며 자전거를 거의 밀고 올라왔지만 도로의 왼편으로 펼쳐지는 백두대간수목원을 조망할 수 있었다.

주실령은 문수산이 옥돌봉에서 갈라지는 경계이면서 문수산지맥의 시작점이다. 주실령에서 자전거에 올라서 오전 약수 마을까지 폐달 한 번 밟지 않고 오전 약수탕 마을에 닿았다.

오전 약수는 문수산 서쪽 기슭에서 시작되는 내성천의 원천이다. 옥석산가 문수산에서 내린 빗물이 오전 계곡을 흘러서 봉화 삼계리에서 문수산 남쪽 기슭에서 흘러내린 창평천과 만나서 내성천을 이루게 된다. 오전 약수는 봇짐장수가 서벽에서 주실령을 넘어 가던 길에 쑥밭(오전)에서 잠이 들었다가 목이 말라서 깨어보니 옆에 물이 솟고 있어서 그 물을 마셨더니 혀끝을 톡 쏘는 특별한 맛이 나고 속이 편하였다고 한다.

1555년 7월 20일 퇴계의 며느리 봉화 琴씨가 편두통을 치료하기 위해서 7월 30일(그믐) 경에 돌아올 예정으로 초정(椒井, 오전 약수탕)에 갔다. 이때 14세의 맏손자 안도安道와 15세의 친정동생 금응훈琴應壎이 따라갔다는 기록이 있다.

1561년 7월 중순, 경주 부윤 이정李楨이 봉화 오전悟田 약수탕에 가는 것을 사유로 경주 관내를 벗어나 퇴계를 방문하기로 약속하였으며, 그가 죽기 한 해 전 1570년 6월 14일의 편지에 신병을 치료하러 오전 약수탕에 가려고 하지만 쉽지 않은 일이라고 하였다.

1566년 8월 7일, 안동부사 윤복尹復과 예안현감이 오전 약수탕에서 돌아오는 길에 퇴계를 방문하였으니, 의료시설이 없던 당시에는 신병치료를 위해 오전 약수탕을 찾는 이가 많았다.

부석사와 축석사, 백두대간수목원이 지척에 있어서 오늘날에도 위장병과 피부병에 특효가 있다 하여 약수도 마실 겸 산속의 정취를 즐기려고 전국에서 찾는 이들이 많은 곳이다.

약수가 나오는 원탕은 돌로 거북이를 만들어 거북의 입에서 약수가 흘러나온다. 사이다를 마신 듯 혀끝을 톡 쏘면서 녹맛이 났다. 한 잔 마시기에도 거북한데, 어떤 이는 쉬어가면서 여러 잔을 약 먹듯이 마시고 녹맛을 중화하기 위해 엿을 먹었다. 약수로 샤워를 하면 피부병이 없어지고, 물을 마시면 소화기능을 좋게 하거나 위장병을 고칠 수 있다고 하여 여관에서 여러 날 묵는 사람도 있다. 약수로 끓인 닭백숙은 맛도 좋은 건강식이어서 집집마다 닭백숙을 팔고 있었다.

백석은 그의 詩 〈산지山地〉에는 여인숙이 다래나무 지팽이와 같이 많은 약수탕이 있다.

갈부던 같은 약수터의 山거리
여인숙이 다래나무 지팽이 같이 많다.

시냇물이 버러지 소리를 하며 흐르고
대낮이라도 山옆에서는
승냥이가 개울물 흐르듯 울ㄴ다.

소와 말은 도로 山으로 돌아갔다
염소만이 아직 된비가 오면 山개울에 놓인 다리를 건너 인가 근처로 뛰여온다.

벼랑탁의 어두운 그늘에 아츰이면
부헝이가 무거웁게 날러온다.
낮이 되면 더 무거웁게 날러가 버린다.

山 너머 十五里서 나무뒝치 차고 싸리신 신고 山비에 촉촉이
젖어서 藥물 받으러 오는 山아이도 있다.

아비가 앓는가 부다.
다래 먹고 앓는가부다.
아랫마을에서는 애기무당이 작두를 타며 굿을 하는 때가 많다.

생달 마을

오전 계곡을 빠져나오면 청정한 물을 가득 담은 생달 저수지가 물을 한가득 담고 햇볕에 찰랑이고 있었다. 약수보다 더 시원해 보였다. 주실령에서 시작하여 오전 계곡으로 흐르는 물과 선달산에서 시작하여 생달마을 계곡을 흐르는 두 물이 이 저수지로 흘러든다. 생달마을에서 선달산과 갈곶산 사이의 용운사를 지나서 늦은목이 고개를 넘으면 강원도 영월의 남대리 김삿갓 마을로 통한다.

봉화와 영월을 오가는 보부상들이 넘던 소백산맥의 고갯길이다.

김주영의 소설 《객주》*에 보부상들이 활동하던 오동나무골 약수터(오전 약수탕)과 생달 마을이 바로 봉화 물야이다.

「내성에서 서벽을 지나 옥돌봉 아래의 박달령을 넘어 오래전 보부상들이 발견하였다는 오동나무골 약수터가 지척인 생달에 이르는 상로를 찾아가는 일이었다. (…) 박달령 오른쪽으로는 옥돌봉과 구룡산 높은 뫼가 버티고 있고, 왼쪽 멀리로는 늦은목이를 껴안은 선달산이 버티고 있어 영월과 태백으로 오가는 등짐장수들은 필경 박달령을 넘는 지름길로 내왕해야만 일정을 줄일 수 있었다.」

* 서울신문(2013. 8. 15)

생달 마을은 영월과 태백으로 오가는 등짐장수들이 박달령을 넘는 지름길로 내왕하던 보부상들은 가진 전 재산을 모아 이곳에 삶의 터전을 마련했는데, 지금은 오전 저수지 물속에 잠겨있다.

생달 저수지를 돌아서 생달 마을로 가는 길옆에 산머루를 원료로 레드와인 '엠퍼리(황제, Empery)'를 생산하는 '㈜ 에덴의 동쪽'이 있다. 소백산 기슭 산머루작목반에서 생산된 산머루를 숙성시킨 100% 원액의 고급와인을 1998년부터 생산하기 시작하였다. 산머루는 한국, 일본, 만주 등지 산야에서만 자생하는 넝쿨식물로서, 산머루 열매와 뿌리는 보혈강장제, 심장병, 위염, 폐질환, 피부질환에 효능이 있는 한약재로 사용된다. 숙성 방식과 기간 때문에 대량생산이 쉽지 않지만, 그윽한 맛과 향이 뛰어난 '엠퍼리'는 2004년과 2008년 영국 런던의 소더비사가 발간하는 세계명주사전《와인리포트》의 세계 100대 와인에 선정됐다. 아시아에서는 10종만 선정됐기 때문에 아시아 10대 명주의 하나인 셈이다.

생달 저수지에서 계류를 따라 내려가면 매봉산과 만석산, 천석산이 마을을 둘러싸고 있는 널따란 고원 분지가 물야면의 소재지 오록리이다. 오록리 서북쪽의 봉황산鳳凰山은 부석사浮石寺를 품고 있는 주산이다. 오록리梧麓里의 마을 이름에 '오동나무 오梧'자를 넣은 것은 부석사가 위치한 봉황산의 봉황이 멀리 날아가지 않고 마을에 오랫동안 머물기를 바라는 간절한 마음에서 비롯되었다.

오록계곡의 노래

오록리를 중심으로 홍해배씨, 영월 高씨 등 다양한 성씨들이 오랜 세월을 함께 살아왔지만, 그중에서도 풍산豊山 김씨金氏는 오록리의 자연 마을 중의 하나인 창마(창마을)에 가장 많이 살고 있는데, 조선시대 구휼미를 보관하던 창고가 있었다고 한다.

오록리 창마을의 입향조 김정은 1696년 27세 되던 해 진사 향시에 입격하자 가을에 노봉산 아래 터를 잡았다. 오록리의 동쪽은 문수산이며, 서쪽 계곡은 부석사 앞을 지나서 순흥으로 통하는 길이며, 북쪽은 소백산을 넘어서 강원도나 주실령을 넘어서 서벽으로 통하고, 남쪽은 봉화읍으로 통하는 길이어서 예부터 사람들의 왕래가 많았다.

문수산 동쪽 기슭의 서벽에서 운곡천을 따라 사미정까지의 풍광을 읊은 경암 이한응의 〈춘양구곡〉이 있다면, 문수산 서쪽 기슭의 물야에 노봉盧峯 김정金人政의 〈오계구곡〉이 있다. 조선시대 구휼미 저장창고가 있던 창마을〔倉村〕의 풍산김씨 입향조入鄕祖 노봉 김정은 물야 오록리 일대의 오계梧溪 구곡을 詩로 읊었다고 전한다. 옥석산·선달산·봉황산에서 흘러내린 물이 오록 만석산·천석산에서 합류하여 내성천의 원류를 이루는 오록계곡을 '오계梧溪'라 하며, 오계에서 신담까지 아홉 굽이 절경을 읊은 것이 〈오계구곡梧溪九曲〉이다. 〈오계구곡 서장序章〉

오계의 산과 물은 기이하고 심오하니
산은 절로 높디높고 물은 절로 맑았구나.
굽이굽이 풍광은 그윽하니 절경이라
어부들의 저녁노래 메아리쳐 들리네.

梧溪山水蘊奇靈 山自高高水自淸 曲曲風光儘幽絶 漁歌唱晩動新聲

첫째 굽이 우산곡은 만석산을 돌아서면 오록천 물이 합수하는 곳,

'이끼 낀 바위 돌아 좁은 길 개울 따라 가네.' 巖阿笞逕細沿川

그 앞에 조그마한 동산을 '우록대'라고 암각 글씨가 새겨져 있고, 그 안마을을 '산운골'이라 한다.

둘째 굽이 고도곡은 오록 1리 구수골 못 밑에 크고 작은 기암들이 있고, 폭포는 아름답고 계를 모았던 어른들이 돌에 글을 새긴 곳이다. 소백산이 멀리 보이고 저녁 무렵에는 석양의 풍광이 아름답다.

돌아보니 청산은 겹겹이 둘렀구나 面面靑山繞百重
석양에 옛 나루 긴 무지개 끊어지고 多陽古渡長虹斷

갑오년

셋째 굽이 진의곡은 장터 뒷길의 사골로 가는 길 옆 큰 바위에 '진의대振衣臺(옷을 털다)' 라고 석각이 되어 전한다.

옷을 터는 높은 뜻 그 당시를 존경하네. 　　振衣高致挹當年

사골에서 내려오는 실개천과 오전에서 내려오는 큰 물줄기가 합류하는 지점이고, 우록대와는 300m가량 떨어져 있다.

넷째 굽이 예암곡은 예바위가 들 가운데 우뚝 서 있고, 산 밑 적벽 아래는 조그만 연못을 이루고 바위에 있는 작은 소나무는

'한자 남짓한 예쁜 솔이 푸르게 늘어졌네.' 　　倭松盈尺碧監毵

그 아래에 농부들이 쉬어가는 자연의 누각인 것이다.

다섯째 굽이 송정곡의 사우대에는 조그마한 동산이 있는데, 소나무와 버드나무가 우거진 곳에 네 사람이 모여서 계모임을 하기로 하고 송정이라는 정자를 짓고 대를 쌓았다고 한다.

못 둑에 오는 이 많고 적음을 묻지 마라. 　　池臺寞問來多少

세월이 지나면서 정자는 허물어져 없어지고 지명만 남아 있다.

여섯째 굽이 분포의 못 둑은 푸른 물을 베고 있는데

산옹은 어디가고 구름만 가렸는가. 　　山翁何許但雲關

지금 분포교가 있던 자리 일대는 풍치도 좋았고, 맑은 물을 담아두는 보堡들이 있어서 물고기들이 풍부하였다.

일곱 번째 굽이 하신담에는 오래된 느티나무가 서 있고 냇물에는 청석이 깔려 있다. 북쪽으로 보이는 산이 노봉산과 그 일맥인데, 끝자락엔 다른 봉이 있다.

돌계단 구름다리 막대 짚고 올라가니　　石梯雲磴扶藜上
소매에 맑은 바람 시원하게 들어오네.　　滿袖淸風得得寒

여덟 번째 굽이 중담곡은 곧 신담이다. 이곳은 오계구곡 중 가장 절승을 이루는 곳이다. 왼쪽의 다른 봉은 봉황산 자락이고, 오른쪽의 다른 봉은 갈방산 자락이다. 산 사이로 석천 여울이 이루어져,

작은 배 고이 저어 올라가고 내려가네.　　小舠柔楫可沿洄

아홉 번째 굽이 상담곡에 이르면 봉황산이 안개에 싸여 있어, 선달산과 옥석산이 둘러쳐 있어 오계구곡의 극치이다. 골짜기마다 흐르는 물이 이곳에서 합류해 신담천을 이루는 결정적인 요지가 되었다.

아홉 구비 들어서면 숲이 다시 울창하고
봉황산의 높은 그늘 맑은 물에 잠겼구나.
곤곤히 흐르는 물 참 근원은 어디메뇨
뗏목 타고 하늘에 올라 한번 묻고 싶네.

문수산과 선달산에서 흘러내리는 오계구곡의 물을 모아서 저수용량 458만 톤 규모의 물야 저수지가 있어서, 수해와 가뭄을 예방하고 물야 들판에 농업용수를 안정적으로 공급하고 있다.

돌담 아다지오

물야초등학교 뒤편의 넓은 마당에는 솟대와 기념비들이 즐비하게 서 있었다. 솟대는 나무나 돌기둥에 나무로 만든 새 형상을 얹은 솟대와 붉은 장대의 끝에 푸른 칠을 한 나무 용龍을 얹은 솟대가 있는데, 오록리 풍산김씨 마을의 솟대는 효죽孝竹이라고도 한다.

팔련오계八蓮五桂는 팔련오계지미八蓮五桂之美의 별칭으로 과거에서 사마司馬방을 연蓮방, 문과방을 계桂방이라고 하는 데, 1692년 인조가 팔련오계지미八蓮五桂之美라 칭찬한 안동시 풍산읍 오미동五美洞에서 팔련오계의 8형제의 후손들이 오록에 입향하여 장암정과 노봉정사·화수정사 등을 짓고 집성촌을 이루었다. 풍산김씨 오록문중에서 소과 입격자와 대과 합격자 등이 교지를 받을 때마다 솟대를 세웠던 곳으로 수십 대의 솟대가 한곳에 모여 있다.

나는 솟대거리를 지나서 논두길로 자전거를 몰아서 오록 마을 골목길을 돌았다. 골목길을 한 바퀴 돌아서 마을 초입의 노봉정 앞에 서서 이 마을이 다른 마을과 다른 점을 발견하였다. 어느 촌락이든 담장을 흙으로 쌓고 맨 위에 기왓장을 얹는데, 이 마을의 담장은 한 집도 빠짐없이 돌로 성곽城郭을 쌓듯이 정교하게 둘렀다. 골목에서 노인

한 분께 물었더니, 이 마을에서는 예부터 담장은 돌로 쌓았다고 한다.

수필가 신창선申昌善은 부산에서 한 생을 살고 있지만, 그는 영원한 이방인異邦人이다. 제주의 돌담을 잊지 못하는 한 그렇다.

그의 수필, 〈돌담길 아다지오〉에서, "돌담이 나를 끌고 침묵하는 몸짓이 되어 어디론가 끌고 간다. 얼음이 녹아 바람이 될 때까지 바람이 잦아들어 봄이 될 때까지, 겨울이 오는 흔들림 속으로…"

그의 돌담길 아다지오(adagio)는 늙어갈수록 점점 더 느리게 끝없이 이어진다. 탐라국은 돌의 나라다. 마을도 들도 산자락도 무덤도 모두 검은 돌 세상이다. 돌담을 쓰다듬는 바람, 바람과 사귀는 돌담은 바다와 함께 바람을 그리며 살아 숨 쉰다.

세상과 단절된 어지러운 바람도 돌담 구멍에서 꼬리를 내려 마음을 가다듬는다. 돌담 틈새로 지나가는 숭숭 소리는 제주를 일으켜 세운 탐라국의 고유음이다.

돌담에는 인간과 자연의 흔적이 지문처럼 새겨져 살아 있다. 돌담은 올레담, 밭담, 성담이 오름자락의 산담과 이어 달리며 시공간을 아우른다. 위엄도 위선도 없다. 세월 따라 이끼가 앉고 수웅 바람이 드나들고 산새와 햇살, 그리고 바닷소리가 노닌다. 밤이면 돌담이 별이 되어 한 걸음, 한 걸음 감청색 바다가 되고, 달빛 신화를 가슴에 웅얼거린다. 돌담은 생사의 요람이기도 하다. 쉼 없이 청산별곡이 웅웅대는 오름자락엔 무덤을 감싸는 산담들이 산 자와 죽은 자의 영혼을 달래며 또 다른 세상에의 길이 된다.

갑오년

까만 돌담에 감이 주렁주렁 익어가는 풍경은 언어구조를 망가뜨리지 않고는 표현할 수 없다. 청보리밭과 검은 돌담이 어우러진 모습 또한 신이 빚은 신비스런 사랑의 눈짓으로 읽게 된다. 돌담은 고개를 넘어간 듯 다가서고, 끊어진 듯 바람을 데리고 뫼비우스의 띠를 만들고 우로보로스 뱀처럼 시작이 끝인 듯 끝이 시작인 듯 열려 있다. 돌담은 집 앞 올레에서 머물다, 밭담을 지나 오름의 산담에서 잠자고, 한라산을 넘어 이어도로 꼬리를 잇는다. 돌담 바람은 그냥 바람이 아니라, 사념邪念을 태우고 사라진다. 오늘도 신창선은 비음을 섞어 바람을 삭혀낸 아다지오를 귓전에 저미며 제자리에 서 있는 듯 느리게 수영강변을 걷고 있다.

제주목사, 김정

제주시 이도 1동은 '역사와 미래가 살아 숨 쉬는 행복마을'이다. 탐라국의 건국신화가 전해지는 삼성혈이 있고, 조선시대 다섯 현인을 모신 오현단과 귤림서원, 제주 성지가 위치한 제주 역사 문화의 요람이다. 1738년 이곳에 제주 목사 노봉蘆峯 김정金人政의 홍학비(蘆峯金先生興學碑)가 화북동 주민들에 의해 세워졌다.

제주 목사 노봉蘆峯 김정金人政은 제주를 거쳐간 수 많은 목민관들 중에서도 척박한 절해고도 제주도에서 애민愛民과 흥학興學의 정사를 펼쳤다. 삼천서당三泉書堂을 열어 존현당, 낙육재, 역락재, 개입재를 지어서 평민의 자제들을 가르치고 흥학 시를 지었다.

몽매함을 깨우치기 위해 새로이 서당 지으니
솟아난 샘물 산 아래로 흘러 모일 기약 없어
본디부터 점서占筮에는 다른 말은 없었나니
성인이 되는 공부는 마음 바로 하는 데 있네.

현재의 공신정 자리는 그 아래로 기암절벽이 이어지는데, 노봉은 그 무더기 바위들에 각각, '용린병龍鱗屛', '중장병中藏屛', '호반병虎班屛'이라 별도의 명칭을 붙여 그것을 각명해 놓았다. 그리고 그 바위 아래에서 솟는 샘물은 '감액천甘液泉', '급고천汲古泉'이라 이름 지었다.

화북포(제주항 옆 올레길 18코스)에 방죽을 쌓아서 항만을 만들기 위하여 제주 목사 스스로 돌을 져 나르기도 하였다.

1737년 9월 3일, 재임 2년 5개월의 소임을 마치고 제주목 후풍관候風館에서 귀향을 대비하던 중에 풍병으로 사망하였다. 제주 목사 노봉蘆峯 김정金人政은 의녀 반수 김만덕 기념관 벽화로 다시 태어났다.

축서사 동자승

물야면소재지를 나와서 가평리에서 문수산으로 올랐다. 개단초등학교 앞 결단교를 지나서 박정원의 운수원 입구에 자전거를 세워놓고 걸었다. 월계마을을 지나서 굽이굽이 산길을 오르니, 문수산의 금강송 군락지 아래 축서사가 있었다. 문수산文殊山 기슭의 해발 800미터 고지에 있으니 불과 500m를 오르면 문수산 정상頂上 이다.

서방정토의 소백 능선을 바라보는 축서사鷲棲寺는 독수리가 사는 절(독수리 鷲, 깃들서 棲)의 뜻으로, 독수리는 큰 지혜를 가진 문수보살을 상징한다. 통도사가 위치한 영취산靈鷲山(석가모니가 설법한 산)의 옛 이름이 축서산鷲棲山인 이치와 같다.

석가모니는 B.C. 1026년에 네팔 영내인 가비라국의 태자로 출생한 후 인생의 무상을 깨닫고 출가해 32세가 되던 12월 8일 보리수菩提樹 아래에서 道를 깨닫고 생사의 윤회輪廻에서 벗어나지 못하는 중생을 구제하기 위해 설법을 하다가 79세가 되는 해 니연선하尼連禪河 건너 사라수沙羅樹 숲에서 입적入寂한 실재實在했던 불타佛陀(부처)를 말한다.

불타를 보는 입장은 같지 않다. 불타를 역사적으로 실재했던 한 인간으로 보는 소승불교의 입장에서 불타는 오직 한 분밖에 없다. 그러나 불타는 한 분만 있는 것이 아니라 여럿이 있을 수 있다는 다선경의 대승불교가 있다. 이는 일체중생一切衆生이 다 불성佛性이 있다는 데서 근거한다. 신라 문무왕 13년(673)에 의상대사가 지림사智林寺에서 산 쪽을 바라보니 멀리 서광이 비취는 것이 있어, 빛이 도달한 곳에 지금의 축서사를 지었다고 한다.

소년 문수는 1,200m 넘는 선달산, 구룡산, 문수산이 높이 솟아 앞산과 뒷산만 보이는 깊은 골짜기 화전민 3가구가 살고 있는 가래골에 살았다. 손바닥만 한 하늘에 해는 늦게 뜨고 일찍 저물어 별이 총총 내리면서 밤하늘을 수놓으며 반짝였다. 가끔 산삼이나 더덕, 약초 캐러 오는 사람이 있을 뿐, 밤이면 부엉이가 울고 늑대가 울었다. 늑대 울음소리가 들려오면 할머니 품속을 파고들었다.

6.25전쟁이 일어나 공비들이 자주 출몰하여 양민들을 괴롭혔다. 문수의 삼촌이 공비들의 죽창에 찔려 죽은 뒤 고향인 물야면 오록리 천석산 부근 솔안마을로 옮겨왔다. 옥석산 깊은 골짜기에 외따로 살았던 어린 문수는 어리석고 꾀가 없어서 사오정 같은 숙맥이었다.

문수는 동네 형들의 연애편지 쪽지를 전달하고, 참외, 사과밭 서리 망꾼이 되었다.

축서사 가는 도사리 고개로 형들을 따라갔다. 도사리 고개 과수원 사과서리 망을 보다가 사과밭 주인에게 들켜서 형들은 재빨리 도망을 갔으나, 걸음이 빠르지 못한 문수는 붙들리고 말았다. 과수원 주인은 사과를 할머니 드리라고 쥐어주면서,

"망을 보라고 시킨 못된 놈들이 나쁘제, 니가 뭔 죄가 있노."

어느 날 솔안 마을 위쪽 '가두들'(조금 높은 언덕을 두들이라 불렀다) 과수원집 예쁜 영자 누나한테 전하라는 동네 형님의 쪽지를 들고 갔다. 영자 누나가 쪽지를 보더니 얼굴이 발개지면서,

"니 봐라, 이런 심부름은 하지 마래이. 알았제?"

가벼운 꿀밤 한 대 맞고 왔다. 누나가 없는 문수는 예쁜 영자누나가 웃을 때마다 보조개가 예뻤고 머릿결에서 풍기는 냄새가 좋았다. 그후 영자 누나를 만나러 과수원 다락방교회에 다니게 되었다.

축서사 절에 다니던 할머니가 갑자기 돌아가시자, 혼자가 된 어린 문수는 갈 곳이 없었다. 문수는 할머니를 따라 다니던 그 길을 따라 걷다가 축서사에 닿았다. 문수는 축서사 동자승이 되었다.

2019년 10월 13일, 아미타삼존불 점안식 법회가 있었다. 의상대사가 화엄세계를 구현하고자 축서사 도량을 여신 지 1,300여 년. 오랜 세월 불자들의 귀의처가 되어온 축서사에서 6년간의 불사를 마치고 아미타삼존불 봉안식을 봉행했다.

"점안이란 정신세계와 물질세계가 둘이 아님(不貳)을 믿는 것입니다. 우리 생각으로 볼 때는 정신세계와 물질세계가 달리 보이지만 저 허공에서 볼 때는 조금도 다를 바가 없습니다. 부처님께서는 부처님 세계와 중생 세계가 둘이 아니라고 했습니다. 오직 이 마음일 뿐 다른 세계가 있을 수 없습니다.

그런 진리의 세계는 누가 만들거나 우리가 멸할 수 없는 모든 생명의 본질입니다. 그 원만한 지혜는 이 우주법계에 많아진 일도 없고 적어진 일도 없습니다. 제가 말을 하면 여러분은 역력히 듣고 있고 말하는 자리나, 듣는 자리나, 둘이 아닌 그 자리가 바로 점안 자리입니다. 세상이 어려워도 불법에 의지하는 이들의 굳은 신심만 있다면 얼마든지 헤쳐 나갈 수 있으리라 믿는다."

혜안 큰 스님의 설법이 끝나자, 스님들이 먹을 찍은 붓을 들고 삼존불 눈동자에 눈을 그려넣었다. 그들 중에는 문수 스님도 있었다.

석조반가상

축서사 맞은편에 호랑이가 걸터앉은 형국의 북지리 호거산虎踞山에 자리하는 지림사는 국보 제201호로 지정된 봉화 북지리 마애여래좌상이 현존하고 있다. 이 여래좌상은 7세기경 제작된 부조 형식의 여래좌상으로, 야산 기슭의 천연암반에 조각되어 있다.

조각은 거의 원각에 가까운 고부조高浮彫로서, 바위를 감실龕室 모양으로 파서 만든 석굴 형식으로, 지금은 심하게 파손되어 원상을 알기 어렵지만, 파손된 얼굴에는 여전히 온화한 미소가 엿보인다. 장대한 신체에 걸친 옷자락이 대좌 밑으로 드리워진 것이 오른손은 가슴 앞까지 들어 올렸으며, 왼손은 왼쪽 무릎 위에 자연스럽게 내려놓은 상현좌裳懸座를 이루고 있다. 오른팔은 떨어져 나갔지만, 중생의 두려움을 없애주어 우환과 고난을 해소시키는 덕을 보이는 수인, 즉 다섯 손가락을 가지런히 위로 향하고 손바닥을 밖으로 하여 어깨 높이까지 올린 형태의 시무외인施無畏印으로 추정되며, 왼손은 시무외인과는 반대로 무릎 위에서 왼손을 내려서 부처님이 중생에게 자비를 베풀고 중생이 원하는 바를 달성하게 하는 덕을 표시한 여원인與願印을 맺었다. 그리고 대좌는 방형에 가깝다. 뒷면 암벽에 새겨진 광배에는 화불化佛 4구가 남아 있으며, 머리 뒤의 두광頭光에도 화불과 불

꽃 무늬가 보인다.

당시 수도하는 승려가 500여 명이 될 정도의 대사찰이었던 곳으로, 축서사 창건 설화에도 지림사가 등장한다. 조선 정조 때(18세기)에 저술된 《신증동국여지승람新增東國輿地勝覽》에 "지림사는 문수산에 있다(智林寺在文殊山)."라고 기록한 것으로 보아, 조선 중·후기까지 계속하여 사찰이 존속하며 법통을 이어온 것으로 알 수 있으나, '화재로 인해 소실되었다', 혹은 '축서사로 인하여 사세가 기울었다'는 등의 이유로 폐사되었다고 전해지고 있다. 1949년경에 현재의 위치에 지림사를 재건하여 국보로 지정된 마애여래좌상을 보호 관리하며 전통을 유지하고 있다.

봉화 문수산 축서사 아래 북지리에서 발굴된, 보물 제997호 '봉화 북지리석조미륵보살반가상'은 원래는 북지리의 마애불좌상 옆에 있던 것이었는데, 1965년 11월 26일 경상북도 봉화군 물야면 북지리 구산동龜山洞에서 신라 오악五岳 조사단이 발견했다.

1966년 6월에 경북대학교가 이 지역에 대한 발굴조사를 담당하여 원래 위치를 확인한 후, 이 불상을 경북대학교 박물관 현관에 소장하고 있다. 화강암 재료로 총 높이가 250cm나 되는 거대한 석상을 조성하였는데도, 국보 제83호 금동미륵보살반가상의 세련된 조각기법이 거의 그대로 재현되어 옷자락이 살랑살랑 바람에 나부끼는 느낌이 들 정도다.

봉화북지리석조반가상
보물 제997호, 경북대학교박물관 소장

상반신은 깨져 없어지고, 하반신과 둥근 연꽃무늬 발 받침대만이 남아 있어서 상반신을 알 수 없으나, 상반신은 옷을 벗은 듯 추측되고, 하체에 표현된 옷은 매우 얇고, 왼쪽 무릎 위에 올려놓은 오른쪽 다리는 무릎을 높이 솟게 하였으며, 올려놓은 다리 밑에는 3단으로 옷 주름이 부드럽게 흐르는 선이 분명하며, 불상의 뒷면은 옷 주름만 단순하게 표현하였다. 하반신에서 둥근 대좌에 걸쳐 흘러내린 옷무늬의 주름은 조각이 특히 깊게 파져 있다. 허리에는 요대가 있고 몸 좌우에 매달린 장식용의 영락瓔珞(구슬을 꿰어 만든 장신구)은 종별도 다양하여 일찍이 반가상에서 보지 못하던 솜씨를 보인다.

현재 남아 있는 부분의 높이가 1.6m나 되는 것을 보면 세계 최대 규모의 반가사유상이었음을 알 수 있는데, 남은 부분을 근거로 복원하여 높이를 계산하면 2.5m나 된다. 망실된 상반신은 보는 이 나름대로 상상할 수밖에 없다.

석굴암의 불상이나 제비원의 미륵을 떠올리거나 목조 반가사유상으로 미루어 연상할 수 있으나, 실체를 알 수 없으니 안타깝다. 왼쪽 다리 위에 얹은 오른쪽 무릎의 발목을 잡은 왼손의 너그러운 볼륨, 하늘거리는 옷 주름, 화려한 구슬장식 등에서 뛰어난 조각기법이 나타난다.

하체의 법의는 몸을 드러낸 듯이 얇고, 왼쪽 무릎 위에 오른쪽 다리를 얹은 반가半跏 형태가 국보 제83호 금동미륵보살반가상과 그 재질과 크기만 다를 뿐 생김새는 서로 매우 닮은 것으로 짐작할 수 있되, 지옥문(La Porte de l'Enfer) 위에서 지옥을 내려다보고 앉은 로댕의 '생각하는 사람(Le Penseur)'과 같은 근육질이 아닌 것은 분명하다.

춘향전 이도령

물야면 가평리 축서사 초입의 황해마을 계서당溪西堂 종택은 1627년에 문과에 급제하여, 사간원의 사간, 고을의 수령과 어사를 네 차례 지낸 청백리 성이성成以性이 강계부사江界府使를 마지막으로 낙향하여 1664년 세상을 떠날 때까지 여생을 보낸 곳이다.

성이성의 아버지 남원부사 성안의가 임진왜란 때 창녕에서 영주 이산면 말암리로 옮겨 왔다. 성이성의 맏아들 성갑하가 닭실 마을 권벌의 후손 석계石溪 권석충權碩忠의 딸과 혼인하여 친정에서 가까운 가두들(가평)에 계서당을 지었다.

1650년 효종 1년, 청나라에 볼모로 갔던 효종은 복수심으로 불타 있었다. 조보朝報에 나기 전에 누설된 사건의 책임을 가주서(정7품)

이명익李溟翼에게 물어서 파직을 명하자, 사간司諫(종3품) 성이성成以性은 이명익의 상급자로서 아뢰기를,

“경연에서 한 말도 군국의 기밀이 아니면 묻고 싶은 것이 인정입니다. 지금 그 죄가 매우 미미한데, 이토록 엄하게 다스린 것은 한 사람 사관이 죄를 받는 것은 참으로 애석해 할 만한 것이 못되나 어찌 성명聖明*에게 허물되는 일이 되지 않겠습니까? 형추하라는 명을 도로 거두소서.(得不爲聖明之過擧乎? 請還收刑推之命.)”

성이성成以性은 경직京職에서 물러나 지방의 고을을 맡아 선정을 베풀었다. 합천에서 빈민을 구휼하고, 담양에 방제림을 조성하여 홍수를 막았고, 창원의 「창원청백인정비」에는 ‘얼음은 깨끗하고 옥은 하얀데 우리 님 은덕은 은동에서 나왔네, 백성들의 복 크게 모이니 봉이 날아 우리 님 나오셨네. 어린백성 입은 공 잊지 못해 천만년 새겨 기리고자 하노이다.’

진주에서는 암행어사 민정중이 촉석루에서 향연을 베풀 때 병사兵使가 놀음놀이를 벌여 어사의 환심을 사려 하자, 성이성은 그걸 제지하였다. 그 일로 표리表裏(외투와 속옷)을 하사받았는데, 성이성成以性의 선정을 기리는 ‘목사성후이성청덕유애비牧使成侯以性淸德遺愛碑’가 진주성晉州城 비석군碑石群에 있다. 강계고을에서는 삼세蔘稅를 면제해 주었고, 서울 권문세가의 부정거래를 단속하여 평양감사 임의백이 ‘관서활불關西活佛’이라 칭송하였다.

---

* 임금의 밝은 지혜를 이르는 말.

1695년 성이성成以性은 故 영의정 이시백李時白 등과 사후死後 청백리淸白吏에 피선되었다.

계서당溪西堂 동편 산 너머 닭실은 성이성의 처(창설재 권두경의 고모) 친정 마을이다. 닭실 마을의 서쪽에 있으며, 물야物野를 적시며 흐르는 개울의 서西쪽에 있어 계서당溪西堂이라 한 듯하다. 종택 오른편에 사당을 모시고 뒷산엔 싱싱한 솔숲이 빼곡히 들어차 있어 배산임수의 집터이다.

누樓처럼 기단 위에 사랑방과 정침이 좌우로 배치되어 우러러보이고, 사랑채는 화계를 만들고 견치돌 쌓기를 하여 한 자 높이의 기단 위에 누하주樓下柱를 세우고 누마루 위에 세부 조각이 없는 단순한 하엽, 그리고 돌난대와 풍판을 꾸며 청백리의 표상인 가풍을 표현하였는데, 매우 인상적이다. 이는 조선시대 선비의 마음과도 일치하는 모습으로, 조선시대 반가班家에서 볼 수 있는 한옥의 멋이다.

계서당은 누하주의 벽에 기와를 이용하여 새긴 사람의 얼굴이 있는데, 시어머니가 시집오는 새댁에게 대물림을 하는 교훈이 숨어 있다고 한다. 사랑채 전면의 두 칸에 새겨져 있는데, 하나는 시집을 와서 보는 것에 대한 비밀을 지키는 것이요, 또 하나는 듣는 것에 대하여 말을 옮기지 않고 어려운 일이 있어도 항상 참고 견디라는 뜻을 담고 있다고 한다.

계서당의 사당도 두리기둥을 전면기둥으로 세우고 겹처마에 단청까지 꾸몄는데, 외부의 단청은 사당의 엄숙함만을 표현하고 있다. 내부는 단청을 하였지만 대들보와 주요 부재에만 먹과 백선으로 가칠단청을 하여, 절제된 기품을 보여주고 있다.

특히 위패를 모시는 감실을 별도로 하되, 길게 별도의 장을 만들어 집의 가구 구조로 조각하여 장식하고 기둥을 그림으로 그려 가옥의 모습을 하고 있는 것이 특징이다. 중간에 띠살 무늬로 풍혈을 만든 분합문을 달아 마치 축소된 한옥이 연상되게 만든 것이, 이 집 사당만의 특징으로 흥미로운 구조이다.

창작뮤지컬 '이몽룡'이 봉화에서 해마다 공연되고 있다. 춘향전은 몇 개의 근원설화가 모여 춘향전이 됐다는 학설과, 실제로 있었던 사실을 소설화 했다는 학설이 있다.

역사소설을 연구한 국문학자 설성경(연세대 명예교수)는,

"춘향전은 설화나 판소리에서 그 기원을 말할 수 있지만, 암행어사 출도 사실은 산서 조경남이 지은 계서 성이성 어사를 묘사하여 지어진 소설이라고 확신한다."

성이성은 그의 아버지 남원부사 성안의의 친구 조경남에게 글을 배웠다. 1639년 암행어사가 된 성이성은 스승 조경남과 광한루에서 밤새 이야기를 나눴다. 조경남은 암행어사 성이성을 이몽룡을 모델로 《춘향전》을 지었다. 조경남의 《속잡록續雜錄》에서, 명나라 장군 조도사趙都司가 광해군의 홍청대는 군중 잔칫상을 보고 읊은 풍자시

라고 소개했다. 성이성의 5대 후손 성섭成涉이 쓴 《필원산어筆苑散語》의 〈기선세유사記先世遺事〉에는 암행어사가 된 이몽룡이 변 사또의 잔치연에서 지었다는 한시와 동일한 시가 발견된다.

> 항아리 속의 맛좋은 술은 천 사람의 피요,
> 쟁반 위의 기름진 안주는 만백성의 기름이라.
> 촛농이 떨어질 때 백성의 눈물 떨어지고,
> 노랫소리 높은 곳에 원망 소리도 높구나.
>
> 金樽美酒千人血 玉盤佳肴萬姓膏 燭淚落時民淚落 歌聲高處怨聲高

방짜 유기

사람이 모여 사는 곳은 소읍이라도 그 배후에는 노동과 일상용품을 공급하는 향鄕, 소所, 부곡部曲이 있었다. 고려 시대 5도 양계의 역자驛子(역리)·진척津尺(뱃사공)·부곡部曲(바치)의 사람들은 모두 태조 때에 명령을 거역한 사람들에게 천역賤役을 맡겼으나, 1409년(태종 9) 전국적으로 향·소·부곡이 완전히 혁파될 때 폐지되었다.

《신증동국여지승람》 경상도慶尙道 편에, '개단부곡皆丹部曲은 내성현의 북쪽 25리에 있으며, 재산현의 북쪽 25리에 소천부곡小川部曲,

춘양현春陽縣에 소라부곡召羅部曲, 내성현奈城縣의 북쪽에 토곡부곡吐谷部曲이 있다.'고 기술하였다.

물야에서 봉화 방향으로 가는 길 오른쪽에는 산기슭에 황토로 빚은 옹기가마가 줄줄이 누워 있었다. 이곳에서부터 봉화읍까지 옹기와 놋그릇을 만드는 개단 부곡이었다.

개단 부곡에서 놋그릇 만드는 봉화유기 마을이, 봉화읍 삼계리 삼계서원의 개울 건너편 마을이다.

이 마을의 유기장은 놋쇠로 각종 기물을 만드는 기술과 그 기술을 가진 사람을 말하며, 유기는 구리합금 금속으로, 각 성분 비율에 따라 여러 종류가 있다.

구리와 주석을 7:3으로 합금하여 두드려 만든 놋그릇을 방짜 유기, 구리와 아연을 합금하여 만든 그릇을 황동유기, 이 두 종류는 노르스름한 빛깔에 은은한 광택이 난다. 이에 비해 구리에 니켈을 합금한 것을 백동유기라 하는데 흰빛을 띤다.

제작기법에 따라 두드려서 만드는 방짜와 쇳물을 형틀에 부어서 만드는 주물, 그리고 이 두 가지를 함께 사용하는 반방짜 등이 있다. 유기(놋그릇)는 벌레가 근접을 못하여 썩지를 않고, 평생을 써도 녹슬지 않는다. 광택이 수백 년 가고 무공해로 인체에 해가 없어 우리 선조들은 오래 전부터 사용해 왔다.

봉화읍 삼계리는 숯을 구하기 용이하고 수자원이 풍부한 지리적 입지조건으로 19세기 중엽 조선시대 순조 30년(1830)경에 곽씨 성과 맹씨 성을 가진 사람이 이곳에 정착하면서 유기제작이 시작되었다고 전해지고 있다. 봉화유기는 당초에는 놋점(一店, 놋그릇을 만드는 공장)보다 통점이 더 번성하였으며, 한창 전성기에는 마을 70여 가구 가운데 40여 가구가 유기를 제작하고 나머지 집은 품을 팔았을 정도였던 삼계리 신흥마을 주변은 아직도 '놋점거리'로 불린다. 내성의 놋점(유기)이 지금의 봉화읍 삼계리 신흥부락에서 국내 생산량의 1/3 이상을 생산하였다. 원래 놋그릇 공장은 지금의 삼계서원 건너편에 있다가 신흥리로 옮겨갔다. 내성 유기산업의 번성으로 경기가 좋아 흥청거렸다.

새로운 합금제품(스테인리스 제품)과 플라스틱 제품의 보급으로 그 쓰임이 줄어들다가, 오늘날에는 그릇에서도 옛것에 대한 선호도가 높아지고 있다. 시도 무형문화재 22호로 지정된 현재는 故 고해룡高海龍 선생 일가와 김선익金善益 선생 일가만이 공방의 명맥을 이어가고 있다.

삼계 서원

창평천과 물야의 오계천이 합수하는 봉화읍 삼계리의 삼계서원三溪書院은 1588년(선조 21) 지방유림의 공의로 충정공 충재 권벌權橃

의 학생을 경모하기 위해 창건하여 위패를 모셨다. 1660년(현종 1) '三溪'라고 사액되어 선현배향과 지방교육의 일익을 담당하여 왔다. 1895년 을미의병에서 안동유림들이 봉화 의병대장으로 권세현權世賢을 추대하여 격문을 작성했던 곳이며 한말의 구국활동의 근거지이기도 하였다. 삼계서원에서는 2월 중정中丁과 8월 중정에 향사를 지내고 있으며, 권벌의 책판 500장이 보관되어 있고, 밭 3,000평과 임야 15정보를 소유하고 있다.

서원에서 신주神主나 영정影幀을 모시는 사우祠宇인 충정사에는 권벌의 위패를 봉안하고 있으며, 원내의 여러 행사와 유림의 회합 등에 사용하는 강당인 정일당은 중앙의 마루와 양쪽 협실로 되어 있다. 동재東齋는 제원祭員의 숙소로, 서재西齋는 유생들이 기거하면서 공부하는 곳이다.

삼계서원의 배치는 앞쪽에 공부하는 공간을 두고, 뒤쪽에 사당을 배치한 전학후묘前學後廟형이다. 서원 출입은 전면으로 하고 중층의 관물루 아래에 설치된 환성문으로 들 수 있도록 하였으며, 전면에 강당, 전면 좌우에 동재·서재가 있다. 강당 오른쪽으로 돌아들면 사당인 충정공사가 자리잡고 있으며, 동재 전면 오른쪽에는 1906년 사림에서 세웠다는 신도비神道碑와 비각碑閣이 있다.

강당은 기단을 높게 축조하고 전면 4칸, 측면 2칸으로 세웠으며, 사당인 충정공사는 겹처마 팔작지붕, 정면 3칸, 측면 1칸 반, 앞쪽으로 4자폭의 툇간을 두고 그 뒤로 장마루를 깐 3칸을 통칸으로 하여 권벌의 위패를 봉안하고 있다. 동재東齋·서재西齋는 홑처마 박공지붕 건물로 전툇간을 둔 정면 3칸, 측면 1칸 반 규모이다. 왼쪽으로부터 바닥에 우물마루를 깔고 전면에 쌍여닫이 판문이 설치된 폐쇄형 마루방을 설치하고, 오른쪽으로 2칸통 온돌방을 두어 기숙하면서 책을 읽도록 하였다.

1660년(현종 1)에 삼계서원으로 사액되었으나 1868년(고종 5) 흥선대원군의 서원철폐령에 의해 사당과 정문, 문루 등이 훼철되었다가 1951년 무렵 다시 세워졌다. 관물루는 근년에 복원된 중층건물로 2층 기둥까지는 철근콘크리트 구조이며, 주상부는 목구조를 얹은 일종의 절충식 구조법을 지닌다. 관물루와 사당은 복원된 건물로 당시의 모습은 지니지 못하고 있으나 동재東齋·서재西齋에서 당시의 모습을 부분적으로 찾을 수 있다.

청량산

청량산은 봉화군 명호면 북곡리에 위치한 명산으로서 봉우리마다 수려한 기암괴석이 봉을 이루며 최고봉인 장인봉, 선학봉, 자란봉, 축융봉 등 12개의 암봉이 봉마다 대臺가 있으며, 자락에는 8개의 굴과 4개 약수, 내청량사(유리보전)와 외청량사(응진전), 이퇴계 선생의 서당인 오산당(청량정사)이 있다.

청량산은 깎아지른 듯한 층암절벽의 암봉들이 품고 있는 동굴 속에는 총명수, 감로수, 원효샘 같은 샘들이 솟아나고 있으며, 유리보전 현판, 축융봉의 오마대도와 밀성대, 공민왕 가족의 사당 등 공민왕의 전설을 간직한 신화의 땅이다.

산을 오르는 것을 독서에 비유한 퇴계와 그 문도들의 학문을 닦은 퇴계학의 발상지로 회자膾炙되면서 학문에 뜻을 둔 선비들이 서책을 짊어지고 모여 들었으며, 청량한 정기를 지닌 청량산의 육육봉을 화선지에 담아보려는 화가들이 줄을 이었다.

단원檀園 김홍도金弘道는 어진御眞을 그린 후 정조의 신임을 받아 1783년 12월 28일부터 약 2년 반 정도를 안동부의 안기찰방(驛丞)이 된 후 안동의 사대부들과 아집회雅集會를 통해 선비 의식이 고양되면서 자호로 단원檀園을 쓰기 시작했다.

안기찰방(驛丞)의 관할 범위는 안동, 의성, 영해, 청송 등의 12개의 역을 관할했으며, 찰방은 역리驛吏(역참 아전) 1019명, 노비 307명을 포함한 역민의 관리, 역마 보급, 사신 접대 등을 총괄하고, 지방 수령의 탐학과 민간의 질병까지도 상세히 고찰함으로써 민생에도 크게 기여하였다.

풍속화를 주로 그렸던 단원은 청량산의 절경을 화선지에 담지 않았으나, 안동 풍산읍의 체화정 '담락재湛樂齋'와 임청각 '이가당二可堂' 현판, '수금水禽·초목草木·충어蟲魚' 10폭 화첩을 비롯하여 〈청량취소

도淸凉吹簫圖〉, 《청량연영첩淸凉聯詠帖》은 당시에 그린 것이다. 〈청량취소도淸凉吹簫圖〉는 봉화원 심공저沈公著, 영양원 김명진金明鎭, 하양원 임희택任希澤과 함께 청량산에 올랐을 때, 김홍도가 퉁소를 불었다. 그 곡조가 소리는 맑고 가락은 높아 위로 숲의 꼭대기까지 울리는데, 뭇 자연의 소리가 모두 숨죽이고 여운이 날아오를 듯하여, 멀리서 이를 들으면 반드시 신선이 학을 타고 생황笙簧 불며 내려오는 것 같았다고 했다.

'진경산수화'의 '진경眞景'은 '실재하는 경치'라는 의미로, 오늘날 '실경實景'이라 일컫는다. 한국화의 맥을 이어 온 실경산수화가 오용길은 인간적이고 현실적인 산수풍경을 소재로 그린다.

그의 그림은 순수한 먹빛과 신선한 담채가 그의 치밀한 용필을 만나 수묵이 생동하는 생명을 얻어서 실경보다 더 화사하다. '산비탈의 밭이랑, 산수유 핀 시냇가, 돌담 사이로 나지막한 지붕, 화사한 쌍계사 벚꽃길'의 그림에서 고향마을의 서정을 느끼게 한다.

오용길이 청량산의 절경을 모를 리 없다. 그는 낙동강을 건너서 양상마을(배나드리) 뒤로 축융봉에 힘겹게 올라 청량산을 마주하기를 수차례, 청량산의 사계를 화선지에 옮겼다.

그의 '청량산 실경산수화'는 농묵濃墨으로 진하게 눌러 그린 축융봉의 소나무 군락을 근경으로 하고, 그 뒤로 웅장한 연적봉과 연화봉 아래 골짜기 깊숙이 보일 듯 말 듯 살짝 비친 가람을 대자연에 대비하였다.

그는 실경을 그리되 자신의 느낌을 사의적寫意的으로 재구성하여 표현하였다. '그림을 그리는 일은 소素한 다음'이라는 뜻의 '회사후소繪事後素'는 논어論語에서 공자와 자하子夏의 대화에서,

"예쁜 웃음에 보조개가 예쁘며, 아름다운 눈에 눈동자가 선명함이여! '繪事後素'는 무엇을 말한 것입니까?"

"그림을 그리는 일은 먼저 흰 바탕을 마련해놓고 난 뒤에 한다."

공자의 말은 '하얀 바탕이 없으면 그림을 그리는 일이 불가능한 것과 마찬가지로, 소박한 마음의 바탕이 없이 얼굴의 아름다움만으로는 여인의 아름다움을 표현할 수 없다.'는 것이다.

공자가 말한 '繪事後素'는 밖으로 드러난 형식적인 예禮보다 그 예의 본질인 어진〔仁〕 마음이 중요하므로, 형식으로서의 예는 본질이 있은 후에라야 의미가 있다는 것이다.

오용길의 실경산수화는 전통적인 회화재료인 지·필·묵의 전통을 살리되 전통회화의 현대적인 표현의 가능성을 추구하는 것이다.

청량대운도

물야의 오계천은 삼계에서 청하동천을 빠져 나온 창평천과 합수하여 〈청량대운도淸凉大雲圖〉를 탄생시켰다. 야송野松 이원좌李元佐는 청송 사람으로 고향의 주왕산을 주로 그려왔었다. 그는 봉화의 청량산을 본 뒤 초대작超大作에 도전하고 싶었다.

"만 겹의 운하를 산중턱에 감췄고, 천 층의 홍록을 산허리에 두른 청량산, 가도 가도 끝은 보이지 않는 새로운 충격으로 다가오는 청량산 앞에 서면 나는 더 일찍 더 많은 시간을 투자하지 못한 내 스스로가 안타까웠다."

청량산을 통째로 화선지에 옮기려고 했으니 그가 미친 것은 틀림없다. 천성이 자유분방하여 어느 곳에도 얽매이지 않는 그에게 청량산은 일생일대의 과업으로 다가왔던 것이다. 야송은 1989년부터 3년 동안 청량산을 수없이 오르내리면서 스케치하고 작품을 구상하였다.

길이 46미터 폭 7미터의 화선지에 청량산을 그리기로 작정한 지 3년 만인 1992년 봉화읍 삼계리의 한 미곡 창고에서 평생 소망하던 큰 꿈을 실천으로 옮길 수 있는 기회가 왔었다. 겨울철 눈 쌓이고 찬바람 몰아치는 축융봉에 올라 청량산 구석구석을 한 달 보름 동안 스케치할 때 청량사에서는 오산당을 쓰도록 배려해 주었다.

창고 바닥에 깔판 300여 개, 비닐장판 깔기, 사료포대 1,500여 장 깔기, 창고 안에 방 두 칸 꾸미기, 목탑 만들기, 담요 깔기, 화장실 만들기, 전기 가설, 담장과 지붕 고치기, 마당에 모래 깔고 나무 심기 등 작업을 한 후 398평의 창고에 화선지가 펼쳐졌다.

청량납애도淸凉納愛圖를 먼저 그려야 할 것 같아서 화선지 400여 장을 펼쳐놓았으나, 도무지 생각이 나질 않아서 기도祈禱를 하는데, 아내가 갑자기 놀란 비명을 지르며,

"어마마, 산수화를 보셔요."

엎드려 기도하던 그가 일어나서 보니, 두 줄기 연기가 신묘하게 산 능선과 계곡을 그리며 운무가 흘러가는데 20여 미터까지 이어져 창고 안이 신비하게 느껴졌다.

그는 정월 초하룻날 종일終日 축융봉에서 스케치한 도본圖本을 생각해 냈고 펼쳐놓았던 400장의 화선지를 걷어치우고 다시 깨끗한 화선지를 가득 펼쳐 스케치하니 막힘없이 신들린 듯 일사천리로 그려져, 단 하루 만에 목탄木炭 밑그림이 완성되었다. 일주일을 애써도 안되던 청량납애도의 밑그림에 비해 꿈만 같았다. 완성된 청량대운도의 하도는 만수향 연기가 흐른 산 능선陵線과 흡사했다.

화선지 400여 장을 펼쳐놓고 그 위에 망루를 설치하여, 7m의 긴 대나무 막대기 끝에 목탄을 매달아 밑그림을 그리고 난 후, 그림 위에 롤러가 달린 받침대를 타고 다니면서 담묵과 농묵을 번갈아가며 붓이 닿는 곳마다 청량산이 살아서 꿈틀거렸다. 참으로 절묘한 것은 꼭 필요할 때 자로 잰 듯이 모든 것이 있어주고 이루어졌다. 그때마다 그는 대작 앞에 촛불을 켜고 무릎을 꿇고 기도했다.

작업장 안에서 도를 닦듯이 6개월간 두문불출한 후 드디어 1992년 10월 작업장 문이 열리는 순간, 백발의 수염을 날리는 화선畵仙이 세상 밖으로 나왔다. 그는 그림의 왼쪽 하단에 화기畵記를 쓰고 난 후, 마지막으로 자신의 양손과 두발, 그리고 얼굴을 인주에 묻혀서 '오체투지낙관'을 찍어서 마무리하였다. 4,800×670cm의 〈청량대운도淸凉

이원좌의 청량대운도, 4,800×670cm, 야송미술관

大雲圖〉가 탄생하는 순간이었다. 화선畫仙은 붓을 치켜들고 믿음직한 친구를 대하듯 말하였다.

"붓을 뉘여서 그려보기도 하고, 휘두르기도 하고, 중봉으로 측필로 붓을 못살게 굴어도 붓은 나의 눈치를 슬금슬금 보며 스스로 그림을 만들어 놓았다."

연화가 꽃처럼 피어난 열두 개의 암봉을 감싸고 흐르는 구름의 조화가 빚어낸 〈청량대운도淸凉大雲圖〉 앞에 서면, 청량사의 목탁소리와 건너편 만리산 향적사 범종梵種의 용울음이 구름을 타고 그칠 듯 말 듯 은은하게 흐른다.

2013년 청송군 진보면 신촌 약수터, 당진 영덕 고속도로 동청송영양 인터체인지 부근에 '군립야송미술관'이 세워지고 청량대운도전시관에 〈청량대운도淸凉大雲圖〉가 자리 잡았다.

2019년 4월 27일 야송 이원좌는 〈청량대운도淸凉大雲圖〉 속으로 영원히 사라졌다.

4. 청하동천

우곡 성지에서

내성천이 시작되는 봉화는 안동부 내성현柰城縣이었다. 봉화의 진산鎭山은 문수산文殊山이요, 명산名山은 태백산太白山이니, 봉화 사람들은 닭실, 황전, 바래미, 범들이, 선돌, 아치실, 불당골, 오빡골, 거렁골, 한배이, 창마, 너다리, 도사리 등 산과 산이 겹쳐진 틈 사이에 비집고 살아왔다.

서거정徐居正은 〈봉화제영奉化題詠〉에서 봉화 사람들은 비탈진 숲에 두세 농가가 고작 산나물 캐다가 술안주를 마련하니, 강호江湖의 맛을 모른다고 읊었다.

> 푸른 비탈은 하늘 가 닿고 숲은 우거졌는데
> 두세 농가 지붕은 노란 띠풀로 이어졌네.
> 이곳의 백성들이 강호의 맛을 어찌 알랴
> 고작 산나물 캐다가 술안주를 마련했구나.

蒼磴攢空樹木交 兩三村屋覆黃茅 居民豈識江湖味 採採山蔬具酒肴

강호江湖는 강하호해江河湖海의 세상의 물을 뜻하나 '세상'을 비유적으로 이르는 말이며, 소오강호笑傲江湖는 강호를 웃으며 오시

傲視*한다는 뜻이다. 현실정치 세계의 고단함을 모르는 봉화 사람들은 소동파의 '여산廬山을 알지 못하고, 산중에 살고 있는(不識廬山眞面目 只緣身在此山中)' 순진무구純眞無垢한 '촌사람'이라고 오시傲視 하였다.

세상의 모든 강은 산에서 시작되며, 낙동강과 내성천은 봉화의 진산鎭山 문수산文殊山이 그 원류이다. 문수산의 서쪽 오전으로 흘러내린 물야천과 문수산의 남쪽 우곡골짜기에서 시작되는 창평천이 내성리 삼계에서 모여서 비로소 내성천이 된다.

태백산과 소백산을 어깨 걸고 강원도를 등 뒤로 막은 선달산(1,239m)과 봉화의 진산인 문수산(1,207m) 서쪽 골짜기에서 흘러내린 물이 봉황이 죽실竹實을 먹고 살았다는 오전梧田마을에서 저수지를 이루었다가 수식과 개단 골짜기의 물을 합수한 물야천이 내성의 삼계에서 석천을 빠져나온 창평천을 만나서 내성천이 된다.

문수산의 남쪽 기슭의 갈방산 다덕고개는 낙동강과 내성천의 분수령이면서 동해에서 불어 닥친 왜환倭患의 태풍도 넘지 못했던 다덕고개는 지금도 땅속에 금광석을 매장하고 있으며 골짜기에는 천주교 우곡성지를 품고 있으니, 내성천의 발원지는 임란과 천주교의 순교자들이 지켜낸 성지聖地이다.

순례는 목적지에 도착하는 것이 목표가 아니라, 순례의 과정이 중요하다. 만남과 헤어짐이 있고, 보고 듣고 생각이 깊어지기 때문이다. 나는 한 방울의 빗방울이 흘러가듯 내성천을 따라서 낙동강과 합

* 오시傲視: 오만하게 보다.

류하는 삼강나루까지 가려고 한다.

동고남저東高南底의 영남의 지형은 봉화에서 발원한 내성천 강물이 낙동강의 하단下端 다대포 앞 바다까지 쏟아져 내리듯 기울어져 있다. 내성천의 순례는 주마간산走馬看山 격의 자동차보다 걷는 것이 최선이지만, 장거리 도보가 여의치 않은 처지에 그 차선책으로 자전거 종주縱走를 택했다. 강물이 흘러가는 강둑길을 따라서 자전거를 타는 동안 훨씬 많은 것을 보며 경물을 즐기기도 하고, 갑자기 멈춰 서서 다른 이들과 대화를 나누기도 한다. 자전거 전용 도로는 따로 없지만, 봉화와 울진을 잇는 고속화 도로가 따로 생기면서 한적해진 옛길은 자전거가 안전하게 다닐 수 있게 되었으며, 산촌마을의 돌담장길이나 강마을이 연이은 좁은 강둑길은 오히려 자전거 여행이 최선책이기도 하다.

나는 내성천의 분수령인 갈방산葛方山의 '다덕고개'에서 자전거에 올랐다. 자전거에 앉아서 고갯길을 굽이굽이 돌아서 내려가는 기분은 직접 경험하지 않고 느낄 수 없을 것이다. 스치고 지나가는 소나무 숲속의 축구장과 국궁장國弓場은 옛 금광석 선광장이 흔적 없이 사라지고 상전벽해桑田碧海를 이루고 있었다.

다덕 약수탕 마을 초입에서 우측의 약수터 관광단지를 지나서 우곡 성지聖地로 가는 오르막길을 오르기 시작했다. 얼마 못 가서 도로 가운데 자전거를 세웠다. 그때 소형 트럭이 멈춰 섰다. 오르막을 힘겹게 오르는 나를 발견한 것이다. 자전거와 함께 트럭에 올랐다. 오르막길에서 흘린 땀을 닦으며 주위 경관을 살피는 사이에 금방 고개 위에서 트럭이 섰다. 조수석에 탔던 한 젊은이가 차에서 내렸다. 나는 자전거를 잡고 차에서 내리려고 하자, 차문을 열어둔 채 나를 조수석에 태우고 자신은 짐칸으로 올라갔다.

40대의 트럭 운전기사가 앞을 주시한 채 행선지를 물었다.

"어데 가니껴?"

"우곡성지 갑니다만, 이 차 가는데 까지만 태워 주이소."

"잘 됐니더, 성지 바로 앞까지 가니더."

트럭은 고개를 오르고 마을을 지나서 한 번도 가본 적이 없는 산속으로 계속 들어갔다. 트럭을 타지 않았더라면, 자전거를 끌고 한나절은 가야 할 길이었다. 우곡 마을 앞을 지나서 오르막길을 오르더니 다리 앞 갈림길에서 차가 섰다.

"다 왔니더, 여가(여기가) 성지聖地씨더."

트럭을 세운 운전사의 말에, 우곡성지에 도착한 것을 알게 되었다. 나는 너무 고마워서 촌지寸志를 건넸더니, 정색을 하면서 거절했다. 조수석에서 짐칸으로 옮겨 탔던 그 젊은이가 친절하게 나의 자전거를 내려주었고, 트럭은 우측 골짜기의 '휴양림 공사' 현장으로 사라져 갔다.

나는 성지 입구의 다리 위에 멈춰 섰다. 저 멀리 숲속에 자그마한 성당이 나뭇가지 사이로 보였다. 이 다리 저 편은 사자死者의 천국天國, 이 다리를 건너는 것은 요단강을 건넘과 같다. 고개를 뒤로 제키고 올려다보는 산과 산, 어깨를 서로 엇 걸고 연이은 산 무리들 위로 지나던 반달이 걸린 듯 헌팅캡을 머리에 얹은 듯한 문수산 정상이 보일 듯 말 듯 아련했다. 길 옆 도랑에는 얼음에서 막 풀려난 계류溪流가 봄 햇살에 반짝이며 아기가 옹알이 하듯 조잘거린다. 가는 곳이 어딘지도 모르면서 긴 여정에 오른 순진무구純眞無垢한 어린 것, 그들은 내성천의 시원始原이다.

우곡성지愚谷聖地 초입 왼편의 집 한 채, 길과 맞닿은 울타리도 없는 그 집 마당에 하릴없이 서성이던 노인이 말없이 멀거니 건너다보는 눈길이 사람이 그리운 듯 잔잔하다. 83세의 외로운 촌로는 산비둘기처럼 찾아든 길손에게 따끈한 차 한 잔을 내어놓더니, 산채山菜로 만든 안주 한 접시와 큰 소주병을 들고 나왔다.

서거정의 詩 한 구절이 떠올랐다. 강호江湖의 맛을 모르는 봉화촌 사람은 '산나물 캐다가 술안주를 마련했다. 採採山蔬具酒肴'

우곡성지愚谷聖地, 한국 천주교회가 세워진 1784년보다 30년 전에 '칠극七極'으로 28년간 천주교 수계생활을 했던 한국 최초의 수덕자修德者 농은隴隱 홍유한洪儒漢의 묘와 그의 후손 순교자의 묘역이 있는 곳이다. 풍산 홍씨 16대손인 농은隴隱은 1726년 서울 아현동에서 태어났다. 그는 정조의 어머니 혜경궁 홍씨의 아버지 홍봉한과는 12촌으로, 16세에 성호 이익李瀷의 문하에서 학문을 닦은 후 1750년부터 〈천주실의〉·〈칠극〉 등을 공부하였다.

1757년 경 한양에서 충청도 예산으로 내려가 18년간, 1775년 경상도 영주시 단산면 소백산 깊숙한 구구리 배나무실로 옮겨 다시 10년간 수계생활을 하였다. 기도책도 축일표祝日表도 없었으나 7일마다 축일(주일)이 온다는 것을 알고 있어 경건하게 축일을 지켰고, 금식일을 알지 못했지만 언제나 좋은 음식을 먹지 않았다. '주님의 산에 숨은 자'로서, 은둔하여 천주교 수계생활을 했다.

1993년 10월 홍유한의 묘가 이곳에서 발견된 후, 그의 후손인 홍관희 선생이 가토加土를 위해 봉분封墳의 흙을 파헤치자, 「山林處士 洪公之墓」라고 숯으로 쓴 명정銘旌이 덮여 있었다.

1995년 천주교 안동 교구에서 묘 주변 임야를 매입한 후 묘지와 주변을 정비하여 사제관과 피정의 집, 수련원, 동상과 야외제대, 십자가의 길 14처 등의 성지를 조성하였다.

성지 초입의 갈방산 골짜기에 조성된 홍유환의 후손 13위의 순교자의 묘역에는 제주도를 비롯하여 전국 각지의 순교지와 순교자의 묘갈명이 새겨진 화강암 판석이 줄을 지어 있었다. 신유박해(1801년)·기해박해(1839년)·병인박해(1866년) 때 순교한 각 순교 터의 흙으로 가묘假墓를 조성한 것이다.

홍유한의 제자이자 재종질(7촌조카)인 홍낙민은 과거에 급제한 관리로서, 1801년 신유박해 때 이승훈과 함께 서울 서소문에서 참수형을 당하였다. 이들 중에는 홍(아기) 베드로, 홍(아기)복자 등 아기 순교자도 모셔져 있다. 아기의 묘지 앞에서 애처러운 생각이 들었다. 백석의 시 〈여승女僧〉의 '어린 딸은 도라지꽃이 좋아 돌무덤으로 갔다.' 詩句를 떠올렸다.

女僧은 합장하고 절을 했다.
가지취의 내음새가 났다.
쓸쓸한 낯이 넷날같이 늙었다.
나는 불경佛經처럼 서러워졌다.

평안도의 어늬 山 깊은 금덤판
나는 파리한 여인에게서 옥수수를 샀다.
여인은 나어린 딸아이를 따리며 가을밤같이
차게 울었다.

섶벌같이 나아간 지아비 기다려 十年이 갔다.
지아비는 돌아오지 않고
어린 딸은 도라지꽃이 좋아 돌무덤으로 갔다.

山꿩도 설게 울은 슬픈 날이 있었다.
山절의 마당귀에 여인의 머리오리가
눈물방울과 같이 떨어진
날이 있었다.

우곡성지 성모상

누구나 산 자의 땅에 머물고 싶어 한다. 예수도 십자가에서, “엘리 엘리 라마 사박다니”* 절규했다.

반석이라 불리는 시몬 베드로(Petros)는 예수를 세 번 부인하였으나, 로마로 돌아와 십자가에 거꾸로 매달려 순교했다.

“사람이 무엇을 주고 자기 목숨과 바꾸겠느냐.”

의로운 사람이 고난을 받는 것은 인과응보因果應報가 아니라,

“그에게서 하나님이 하시는 일을 나타내고자 하심이라.”

믿음은 체험의 대상이지, 결코 인식의 대상이 아니다. 순교殉教는 헌신이며 승리이다. 십자가의 道는 하나님의 아픔을 덜어드리기 위한 예수의 헌신이다. 현실에 절망하거나 누군가를 탓하기보다 스스로 한 점 등불이 되고자 한 것이다.

C. 휘틀리는 〈영국인 회중會衆의 교회〉에서 순교를 세 가지로 분류하였다.

첫째는 의지에 의해 실제로 순교했으며, 둘째는 의지로 순교했으나 실제 순교한 것이 아님, 셋째는 실제로 순교했으나 의지로 순교치 않은 것.

참된 순교자는 ‘신의 뜻대로’ 하였지만, 결국 신의 의지 속에서 자신의 의지를 찾은 것이다. F.W.니체는 〈인간적인, 너무나 인간적인〉에서 순교자들보다 그의 제자들이 더 고통을 받는다고 했다.

네덜란드에서 두 사람의 아우구스티노파가 이단으로 몰려서 화형

* 어찌하여 나를 버리시나이까?

당한 소식을 듣고, 루터는 탄식했다.

"제2의 순교자는 '나'라고 생각했다. 그러나 그 가치 있는 일을 할 수가 없게 되었다."

신앙이 순교자를 만드는 것이 아니라, 신앙을 더욱 공고히 다지는 것이 순교자들이다.

나는 천국의 실체를 모른다. 하늘까지 닿은 문수골 양지 바른 언덕에 철따라 꽃 피고 벌 나비 호호 날아다니는 솔숲 사이로 맑은 바람 불고 뻐꾸기 울어주는 밤에는 무수한 별들이 내려와 반짝이는 이 안식처安息處가, 곧 근심걱정〔喜·怒·哀·懼·愛·惡·欲〕이 없는 천국天國이라 여겨진다.

"너의 이웃을 네 몸처럼 사랑하여라." 예수는 일생을 통해 이웃 사랑을 몸소 보여주었다.

교황 프란치스코의 본명은 호르헤 마리오 베르고글리오(스페인어: Jorge Mario Bergoglio)이다. 아르헨티나 부에노스아이레스 태생인 프란치스코 교황은 라틴어, 이탈리아어, 스페인어, 프랑스어, 독일어, 포르투갈어, 영어, 우크라이나어를 구사할 수 있다.

어느 기자가 프란치스코 교황에게 돌발적으로 질문하였다.

"베르고골리오(Bergoglio)가 무엇입니까?"

교황은 잠시 생각에 잠겼다가,

"저는 죄인입니다." 라고 대답하면서, "우리는 누구나 여러 개의 가면을 바꿔 쓰고 살아갑니다. 아버지로서, 어머니로서, 자식으로서, 친구로서, 누구와 함께 어디에서 무엇을 하느냐에 따라 가면은 수시로 달라집니다. 하지만 오직 하느님 앞에서만은 그 모든 가면이 사라집니다."

자신을 포장하고 합리화했던 것들이 모두 지나가고, 결국 우리가 하나님 앞에 할 수 있는 말은 단 한 가지,

"나는 죄인입니다. 당신의 사랑이, 당신의 자비가, 당신의 치유가 너무나도 절실한 죄인입니다." 라는 고백이라고 했다.

자신을 죄인이라고 고백할 때, "너는 의롭다"라 할 것이다.

어둠이 깔리는 산속에서 걷지 못하고 주저앉아 절망하는 자를 구원하고, 힘겹게 오르막을 오르는 고통을 덜어주고도 아무 대가代價를 바라지 않는 선한 그 트럭 운전사들을 생각했다. 그가 정녕 등록 교인인지 알 수 없지만, 국민을 위한다는 선량選良보다 신에 더 가까이 갈 수 있을 것이라는 확신이 든다.

우곡성지의 그 다리를 건넜다. 천국의 동산에서 강호江湖로 되돌아온 것이다. 햇살이 밝고 스치는 솔바람이 신선했다. 아직 살아 있음에 감사할 뿐이다.

창바다

자전거 페달 한 번 밟지 않아도 창평 저수지까지 닿을 수 있는 내리막길이다. 밤이면 산짐승들이 우글거린다는 '우르실 큰마' 앞에서 창평 저수지 둘레길이 두 갈래로 갈라진다.

나는 우측 길을 택해서 자전거를 몰았다. 저수지의 들쭉날쭉한 물굽이가 마치 노르웨이(Norway)의 빙하가 만든 협곡인 피요르(fjord)라는 생각이 들었다. 피요르 몇 굽이를 돌아서 마침내 저수지 둑에 멈춰 서자, 눈앞에 논과 밭, 그리고 촌락이 어우러진 들판이 펼쳐졌다. 들판이 바다처럼 넓어서 창바다〔滄海〕라 불리기도 하는 창해滄海 마을이 '창평 본마'이다.

과수원 너머 다덕 약수탕으로 오르는 도로를 따라서 이루어진 '창평 본마'의 봉화 제세병원 이원춘李源春 원장의 옛집이 내려다보인다.

백석의 詩 〈고향〉은 이원춘李源春 원장을 아는 봉화 사람이라면 관운장 같은 의원醫員을 떠올리게 한다.

나는 북관北關에 혼자 앓아 누어서
어늬 아츰 醫員을 뵈이었다.
醫員은 여래如來 같은 상을 하고 관공關公의 수염을 드리워서
먼 녯적 어느 나라 신선 같은데
새끼손톱 길게 돋은 손을 내어
묵묵하니 한참 맥을 짚더니
문득 물어 고향故鄕이 어데냐 한다.
평안도平安道 정주定州라는 곳이라 한즉
그러면 아무개氏 故鄕이란다.
그러면 아무개씨氏ㄹ 아느냐 한즉
醫員은 빙긋이 웃음을 띄고
막역지간莫逆之間이라며 수염을 쓴는다.
나는 아버지로 섬기는 이라 한즉
醫員은 또다시 넌즈시 웃고
말없이 팔을 잡아 맥을 보는데
손길은 따스하고 부드러워
故鄕도 아버지도 아버지의 친구도 다 있었다.

백석이 의원의 손길에서 향수를 느낀 것은 그가 유랑자로서 고향에 대한 향수가 의원의 손길에서 전해졌다. 백석처럼 세상을 떠도는 방랑자로서, 나의 친구의 아버지요, 아버지의 친구인 봉화 제세병원 이원춘李源春 원장의 옛집에는 고향도, 아버지도, 아버지의 친구도

다 있었다.

창평은 내성천의 고향이다. 창평의 산과 들과 이곳에서 태어나고 떠난 사람들까지도 내성천의 추억 속에서 강물과 함께 여정을 시작한다. 문수산文殊山 줄기가 동북에서 뻗어내려 동남북 세 방향을 개미둑처럼 에워싸고, 그 가운데로 창평천이 흐른다.

창평 저수지에 모였던 물은 문수산이 품은 무한의 에너지를 쏟아지듯 흘러내리면서 따뜻한 햇볕과 산들바람이 함께 어우러져서 만들어낸 창평들은 과수가 영글고 소와 닭이 살이 찌며 곳간에는 나락이 가득하니 예부터 인심이 풍성하였다.

퇴계는 넓은 평야를 둘러보고 〈평무산목平蕪散牧〉을 읊었다.

봄 불 다 없어지고 봄풀 푸른데,
넓고 기름진 성 밖 들 멀리 눈에 가득하네.
말 몰아 재촉함 이르지 않고 마을 들판 한가로우니,
태평한 시절이라 유목 볼 수 있네.

春燒沒盡春草綠 膴膴郊原盈遠目 驅催不到村野間 太平氣象看遊牧

창평의 남산南山 너머에는 일찍이 봉화현의 관아와 향교가 있었으며, 1934년 봉성보통학교 동양간이학교를 시작으로 금봉·우곡분교장이 설립되고 살림이 윤택해지면서 자녀들을 봉화·서울 등지의 상급학교로 유학을 시켰다. 봉화와 울진 간의 고속국도(파인토피아)와 영동선 봉성역이 있어서 세상의 어느 곳이든 왕래할 수 있게 되었으며, 다덕 고개를 성城처럼 두르고 있어서 외적의 침입을 막을 수 있는 십승지 중의 복지福地로 알려졌다.

왜적은 죽령竹嶺 길이 험하여 넘기가 어려운데다가 화장산 전투에서 큰 손실을 입게 되자, 죽령 길을 포기하고 동해안으로 빠져서 경주 방향으로 물러갔다. 왜적이 다덕多德 고개로 넘어오지 못하자, 봉화에서 죽령에 이르는 풍기·영주·예안·봉화, 그 남쪽의 청송·진보 등 여러 고을이 병화兵火를 당하지 않았다. 선조수정실록에 '복지福地'라 기록하였다.

서거정은 100년 뒤 '강호江湖를 모르는 봉화 촌사람(居民豈識江湖味)'에 의해서 왜환倭患을 막을 수 있음을 예측하지 못했었다.

이곳의 백성들이 강호의 맛을 어찌 알랴.
고작 산나물 캐다가 술안주를 마련했구나.

은둔자의 마을

500여 년 전에 창평에 입향한 한 선비가 있었으니, 반남 朴씨 낙한정樂閑亭 박승준朴承俊이다. 그는 세종 원년에 집현전을 설치한 좌의정 박은朴訔의 현손으로, 영주에 살았던 7형제가 모두 과거에 급제하였는데, 넷째인 박승준朴承俊은 1543년 사마시에 합격하여 성균관에 유학하였으나, 1545년 을사사화, 1547년 양재역 벽서사건으로 사림士林이 화禍를 입게 되자, 벼슬(出仕)을 단념하였다. 선비의 출사出仕나 은거隱居는 그 뜻이 한 가지이다. 은거하여 민생 문제에 뜻을 두지 않는다면 승려일 따름이요, 출사하여 산수 자연에 관심을 갖지 않는다면 노예일 따름이다.

낙한정 박승준은 창평에 낙한정樂閑亭을 지어서 처부모 권윤형權允衡을 봉양하며 금오琴梧를 비롯하여 원근의 선비들과 시문을 창수唱酬하고 후학들을 가르쳤다.

> 나부산의 옹기 서쪽에 이미 티끌이 없고
> 붉은 살구꽃은 봄바람에 점점 싱그러워지네.
> 정자 이름이 낙한정인데 한가함을 얻지 못하고
> 온 봄날 오랫동안 선비(白衣人)만 보이네.

羅浮瓮西已無塵 紅杏東風漸向新 亭是樂閑閑未得 一春長見白衣人

한 방울의 빗방울이 흐르면서 강을 이루듯이, 한 인간이 태어나서 그 자손이 대대로 이어진다. 낙한정 박승준 공은 2남 1녀를 두었는데, 맏아들 용湧은 퇴계의 맏형 이잠李潛의 사위 영주 문수 만방리 민시원閔蓍元의 딸과 혼인하여 체무棣茂를 낳고, 임진왜란이 일어나자 종제從弟인 영주 의병장 박록朴漉과 함께 난세를 극복하였으며, 지금도 창평에 있는 낙한정의 처부모 권윤형權允衡의 산소에 대를 이어가며 후손봉사後孫奉祠하고 있다.

창평 마을의 신방터산 양지바른 기슭, 은행나무 밑에 조그마한 샘이 있어 은행정이라 불렸다는 마을에 특별한 사연을 품은 사당이 있다. 임진왜란 때 전사한 화산 李씨 이장발李長發의 충효 정신을 기리는 뜻에서 그 후손들이 세운 충효당이다. 화산花山 李씨의 시조는 베트남 리 왕조(Ly·1009~1225)의 일곱 번째 왕자인 리롱뜨엉(이용상李龍祥)이다.

베트남은 한무제 이후 천 년 동안 중국의 지배하에 있었는데, 1010년 이온공李蘊公이 하노이(河內)에 도읍하였으며 아들인 태종太宗이 국호를 '대월大越'이라 하였다. 리 왕조(Ly·1009~1225)는 베트남의 3대 왕조 가운데 첫 번째 왕조이며, 최초의 안정된 베트남 왕조로 근대 베트남 왕조의 특징이 이 시기에 형성되었다. 리씨 왕조는 영웅 리트엉끼엣(이상걸李常傑) 등의 걸출한 왕들에 의하여 200년간 번영하였다.

송나라와의 전쟁 때 민족의 독립을 노래하였는데, 오늘날에도 이를 베트남 '독립선언문' 처럼 여긴다고 한다.

남쪽 나라에는 남쪽의 황제가 산다고
하늘의 책에도 분명히 쓰여 있는데,
어찌하여 역노는 이 땅을 침범하는가.
너희는 참담한 패배를 피할 수 없다.

南國山河南帝居 裁然定分在天書 如何逆虜來侵犯 汝等行着取敗虛

1226년 새 왕조 쩐陳씨가 정권을 잡고 리 왕조를 멸족시킬 때, 이를 피해서 황해도 옹진군 마산면 화산리에 정착한 6대 영종의 7번째 왕자인 리롱뜨엉(이용상李龍祥)의 13세 후손이 이장발이다. 이용상이 몽골군과 전투에서 공을 세우자, 고려 고종이 그를 화산군花山君에 봉하고 식읍을 내렸다.

이용상의 둘째 아들 이일청李一淸이 안동부사를 역임하면서 그 자손들이 봉화 창평에 정착하게 되었다. 이일청의 후손 이장발은 임진왜란 때 문경전투에 참전하여 장렬히 전사했다. 1592년 6월 10일 19세의 젊은 나이의 이장발은 전사하기 직전에 순절시殉節詩를 남겼다.

백년 사직을 구할 계획을 가지고
유월에 갑옷을 입었네.
나라를 위한 근심에 몸은 비록 헛되이 죽고 말지만
홀로 계신 어머니 못 잊어 혼백만 외로이 돌아가네.

百年存社稷 六月着戎衣 憂國身空死 思親魂獨歸

영남 의병대 직장 황소공黃昭公이 詩를 보고 감동하여 충효忠孝 두 글자를 써 붙여 정려旌閭를 대신大神하였으며, 이장발은 통정대부 공조참의工曹參議에 증직되었다.

리왕조를 몰아내고 들어선 쩐陳왕조는 리 왕조의 황족을 살해하자, 리 황족은 성을 응우옌(阮 Nguyễn)씨로 고쳤다. 마치 고려가 망할 때 王씨를 玉씨나 田씨로 바꿈 같이, 오늘날 베트남 성씨 중에서는 응우옌(阮 Nguyễn)이 가장 많다. 베트남의 민족 지도자 호찌민胡志明 주석의 본명은 응우옌신꿍阮生恭이니, 호胡가 아니라 응우옌(阮 Nguyễn)이다. 프랑스로부터 독립을 주창하면서 때와 장소가 바뀔 때마다 성명을 개명했던 것이다.

동양초등학교가 위치한 동양리 일대의 와란臥丹·우곡愚谷·두곡杜谷은 옛 순흥부 와단면 소재지였다. 볼일 보러오는 사람들이 말을 매어 놓던 말목재〔馬頭峙〕, 용의 머리와 같다고 하여 용머리마을이다. 용머리를 돌아들면 와란臥蘭(蘭谷)이다.

1842년 1월 28일(헌종 8), 봉화 와란촌臥蘭村에 한 아기가 세상을 향해 고고지성呱呱之聲을 울렸다. 조선의 마지막 큰 선비 이관필李觀必이 대사성을 지낸 복재復齋 이휘준李彙濬의 둘째 아들로 태어났다. 본래 퇴계 선생의 묘소를 모신 안동시 도산면 하계마을이 고향이지만, 그의 조부 하계霞溪 이가순李家淳 공이 1831년 사헌부司憲府 교리를 마지막으로 난곡에 은거하였기 때문이다.

하계霞溪 공은 퇴계의 9세손으로 성균관에서 공부할 때 퇴계의 직계 후손이라 하여 정조의 특별한 총애를 받았었다. 하계霞溪는 '산구곡을 설정하여 '퇴계구곡' 詩를 지었으며, 경주 옥산서원의 옥산구곡가도 그가 지었다.

'퇴계구곡'의 토계천은 퇴계 이황이 태어난 온혜리에서 시작해 상계마을의 퇴계종택 앞과 하계마을의 이황 묘소 앞을 지나 낙동강에 흘러든다. 토계천의 굽이마다 퇴계의 탄생과 성장 등 구체적 삶의 흔적을 알 수 있는데, 그중 삼곡은 이황이 띠집을 짓고 살았던 곳으로 이율곡이 사흘을 묵었던 계당이다.

삼곡이라 띠집은 조각배처럼 작은데
비바람 막지 못한 채 여러 해 지나왔네.
산은 비고 봉황이 떠나고 대나무 열매도 없어
천 길 바위가 맡아 보호하니 가련하구나.

三曲茅齋小似船 不堪風雨庇多年 山空鳳去篁無實 石丈千尋任護憐

하계霞溪의 손자 관필이 아직 돌이 되기 전에 안채에서 한밤중에 불이 났는데, 아버지는 외출 중이었고 어머니가 혼자서 당황하던 차에 미처 아기를 생각하지 못하였다. 늙은 종이 황급히 방으로 들어가니, 아기가 포대기 속에서 깊이 잠들어 있었다. 그가 아기를 안고 밖으로 나오자마자 집의 용마루가 무너져 내려 앉았다.

이관필李觀必은 11세까지 살았던 봉화 와란을 떠나 춘양의 도심리에 살다가 14세 때 선대 고향 도산의 하계마을로 돌아갔다.

와란 마을 숲에는 퇴계 이황의 〈수신십훈修身十訓〉 비석의 敬이라는 글자와 '퇴계선생수신십훈退溪先生修身十訓'을 새겼다.

- 스스로 성현이 되겠다고 뜻을 세워라.
- 모든 예절을 한 몸에 갖추도록 경건하여라.
- 맑고 밝으며 절제되고 고요한 마음이 되게 힘써라.
- 도리를 깊이 캐기에 힘쓰며 글을 읽어라.
- 자세하면서도 간결하게 도리에 맞게 말하여라.
- 반듯하고 엄숙하게 행동하여 길을 지켜라.
- 효도하고 우애하여 윤리를 바로잡아라.
- 충직하고 신의를 지키며 널리 사랑하여라.
- 옳은 도리를 판단함에 깊고 밝아라.
- 성공 실패의 생각에 끌려가지 마라.

퇴계의 가르침을 일상에서 생활화하라는 뜻을 담아 세운 것이다. 경남 함안군 산인면 모곡마을 재령 李씨 세장지世庄地 고려동高麗洞 초입의 경도단비景陶壇碑를 재령 李씨 문중에서 세운 것과 같다. 1533년 퇴계의 남행 때 모곡의 오석복吳碩福을 방문한 기념, '퇴도 李선생 장구지소杖屨之所' 비석이다. 장구杖屨란 '지팡이와 신발'이란 뜻으로, 선현이 다녀간 유적을 의미한다.

와란에서 산수유 길을 따라 문수골(문수산 골짜기)로 오르면 '띠띠물' 동네가 있다. 문수산 골짜기에서 계류가 흐른다고 해서 '뒤떠물', 또는 '뒷골後谷(뒤뒤물)'이라 한 것이 '띠띠물'로 변했다.

이 마을 입향조는 두곡 홍우정洪宇定이 이천에서 산수유 종묘를 들여와 심었는데, 400여 년의 세월이 흐른 지금은 골짜기가 온통 산수유 꽃이다. 어머니의 품속 같은 문수산의 햇볕과 물, 골짜기 바람이 키워낸 산수유가 노랗게 핀 이상향의 세계이다.

와란 마을 초입에서 좌측의 가계천을 따라서 들목으로 들어서면 금봉리의 과수원과 기름진 농토가 봄볕에 화사하다. 과수원을 지나면 금봉저수지가 문수골 맑은 물을 가득 담고 넘실거린다.

관란골, 미개놀, 오르정, 대추나무가 많은 대추정, 덕촌, 큰배리골, 작은 정자골, 큰동막골, 문수산 갈부자리 등 이름도 정겹다.

띠띠물과 금봉 마을 들머리의 문화마을은 금봉저수지 준설과 제방보수로 농토가 수리안전답이 되면서 마을 앞 넓은 들이 비옥한 토지로 바뀌어서 마을 사람들에게 큰 덕을 주는 마을이라는 뜻에서 덕창德昌이라 부른다. 이 마을은 귀농인들이 정착하면서 전원주택 단지가 되었다. 금봉교를 건너서 마을에 들어서니 왼편의 넓은 공터에 주차장과 어린이 놀이기구, 노인 회관을 중심으로 아담한 양옥집들이 농촌가옥과 어울리며 마을을 이루고 있다.

전원생활이란 생태환경, 즉 토양·물·공기의 환경 친화적인 삶을 지향하는 것이다. 빗물(저수지)이나 태양열을 이용하고, 신선한 재료의 음식을 먹고, 조용하고 신선한 공기를 마시면서 이웃과 편안하게 소통하는데 있다. 휘발유 1리터는 1만 리터의 공기를 오염시키고, 농약이나 유전자 변형(GMO) 식품은 각종 병을 유발시킨다. 생태환경적인 삶은 편리함을 추구하는 문화생활의 개념을 넘어서 불편함을 감수하고 생활습관을 개선해야 얻을 수 있는 것이다.

건축가 김수근의 고향

창평(창바다) 마을의 남서쪽 맨 끝 바다 밑에 낮게 위치한 촌락을 지밀마을 또는 진마(池洞)라고 한다. 창평천이 마을 한 가운데를 가로질러 남류하면서 비옥한 충적평야를 만들고 건너편 남산 언덕에 막히어 방향을 틀어서 서류한다.

나는 저수지에서 바라본 창평을 또 다른 각도에서 관망하기 위하여 진마의 언덕에 올랐다. 문수산을 배경으로 넓고 풍요로운 들판이 눈앞에 펼쳐졌다. 금봉 문화마을과 동양초등학교, 은행정마을의 교회당과 충효당, 들판을 적시며 흐르는 창평천이 어우러진 전원田園이 한 폭의 그림이었다.

언덕 위에는 창고 건물과 토목공사 자재資材들이 널려있었다.

"어예 왔니껴?"

자재를 정리하던 50대로 보이는 남성이 낯선 외지인을 반겼다. 통성명을 하면서 그가 영양 金씨라는 것을 알았다.

"창평은 김용한씨의 고향이라는데, 혹시 아시는지요?"

"그분 얘기는 옛날 어른들한테 듣기는 했니더만…"

영양 김씨는 본래 중국 성씨이다. 당나라의 외교관으로 일본에 가다가 풍랑을 만나서 영덕 축산丑山에 표착한 김충金忠은 영양英陽 남씨南氏 성姓을 부여받아 영해 괴시리(이색의 고향, 호지마을)에 살았으나, 장자 석중錫中은 金씨 성性으로 영양에서 대대로 살았으며, 그 후손들이 울진과 봉성외삼연곡鳳城外三淵谷(늪실), 봉화 도촌에 옮겨 왔다고 한다.

김용환金龍煥 집안은 울진에서 창평으로 옮겨 왔는데, 김용환金龍

煥은 마을 훈장이었던 할아버지에게 한문을 배우고 봉화 대성학원 졸업 후 도시를 전전하다가 함경북도 청진에 정착하였다.

1904년 러일전쟁이 발발하자, 이곳은 병력과 군수물자의 출입항으로 차츰 발전하여 1908년 만국통상항으로 개항되었다. 함경선과 청회선 철도의 개통에 따라 간도 방면의 물자 수출입항이 되었고, 1921년부터는 대대적인 축항 공사, 1930년대에 배후지의 무산철광 개발에 따라서 제철 공장을 비롯하여 방직·기계·유지·통조림 등의 중공업 도시가 되었으며, 항만시설도 본항 이외에 어항 부두와 일철 전용부두가 축항되었다. 1945년 당시 인구는 4만 6513호, 23만 4388명에 이르렀다.

김용환은* 정어리 건착 사업을 하였다. 본 어선 한 척에 운반선 5척을 가지고 정어리를 잡아서, 기름을 짜고 가스를 만들어서 러시아와 일본으로 수출하였다. 정어리 건착 사업은 당시 일인들의 독점사업으로 한국인들에게는 허가가 잘 나지 않는 것이었다. 허가가 어려울수록 사업이 잘 될 수 있었다.

김용환은 결혼하여 남매를 두고 있었으나 부인과 사별한 후 김우수달金又壽達과 재혼하였다. '우수달'이란 이름은 불심이 깊었던 그녀의 할아버지가 지어준 불명佛名이었다. 경남 진주에서 진주여중을 졸업하고 열여덟 살 되던 해에 김용환과 결혼하였다. 김우수달은 세

* 鄭麟夏, 한국의 건축가-김수근(1), 성장배경과 서울의 북촌. 건축사 9509. 57~63쪽.

아이를 낳았으나 둘은 천연두를 앓다가 죽고 아들 하나를 길렀다. 김용환은 어장·목재·금광 사업에 성공하였지만 돈에 집착하지는 않은 한량이었다. 러시아 건축가가 설계한 러시아풍의 집을 지었으며, 청진에서 서울까지 기차 한 량을 통째로 전세로 타고 다녔으며, 자녀들을 어릴 때부터 서울에 보내어 공부시켰다.

한복 디자이너 김순자와 건축가 김수근金壽根이 김용환의 자녀들이며, 물야면 북지리 전주 류씨 가문으로 출가한 김용환의 누이의 택호가 '창평댁'인 것으로 보아 김용환의 집안이 창평에 살았다는 것을 짐작할 수 있다.

송암정의 달

창평의 진마를 나와서 쑥쟁이 삼거리에서 창평천 신촌교를 건넜다. 신촌교에서 바라 본 촌락은 닭실 마을의 동쪽에 있어서 아침 해 떠오르는 곳이라 하여 토일吐日마을이다. 커다란 느티나무 뒤로 등록문화재 '김직현가옥'이 보인다.

봉화면장을 지낸 김창한이 건립한 가옥으로, '一'자형 문간채는 짚으로 이은 초가지붕이었다. 열려있는 문간채를 들어서니, 마당 한 녘으로 비켜서 있는 한옥은 벽채를 봉화의 금강송 목재로 명장이 지은 근대 건축으로 보존의 가치가 높아 보인다.

가옥은 집 주인의 품성을 닮은 듯하다. 김직현의 4남매는 서울에서 6.25 동란으로 부모를 여의고 할아버지 김창한의 보살핌으로 봉화초등학교에서 경기중학에 진학한 김직현은 재미 물리학자, 그의 아우는 선친에 이어 대학병원 의사가 되어 서울대학교 흉부외과 주임교수로서 폐암·식도암의 명의로 알려졌고, 대한흉부외과학회 및 아시아학회 회장을 맡아서 흉부외과 분야의 리더로 활약하였다. 김직현의 매형은 고리원자력발전소 건설의 주역으로 한국전력사장이었고, 매제는 대학교수이다.

김직현 남매들이 뛰어 놀던 고샅길을 따라 유곡으로 가는 길 옆 소나무 숲속에 충재 권벌의 둘째 아들 송암 권동미權東美가 건립한 송암정이 계암溪巖일화를 간직한 채 늙어가고 있었다.

안동 외내마을〔烏川〕의 계암 김령金坽이 맏아들 요형耀亨을 데리고 유곡의 처가에 갔다. 그날 저녁 김령의 처남과 사촌 처남들이 송암정에 모였다. 둘째 처남이 맛 좋은 술을 내어오자 밤이 깊도록 자리를 떠날 줄 몰랐다. 다음날에는 풍산에 갔던 친구 효중까지 합류하고, 권씨 형제의 지인들까지 모여들어 송암정의 술자리는 사흘째 계속 이어져 모두 크게 취하여 봉두난발蓬頭亂髮하였으나, 또 술상을 들여 술잔을 돌렸다.

김령은 더는 버티기 어려워 살며시 자리에서 일어나 처가에 가려고 송암정을 나섰는데, 송림 사이로 비치는 달빛에 취한 김령은 송암정 돌계단에 걸터앉아 달빛을 안주 삼아 술잔을 기울였다.

유곡 청암정

물은 그냥 흐르지 않고 굽이마다 풍광이 아름다운 산수가 어우러져 살아가는 생태계를 이루고, 천변마다 인간이 살 수 있는 터전을 만들어 간다. 창평천은 금봉리 저수지와 띠띠물 산수유 마을의 계류를 합류하여 유곡들(平野)을 적시고 안동 權씨 집성촌 닭실 마을 앞을 흐르면서 들녘을 풍성하게 하고, 숲과 물이 어우러진 산자수명山紫水明한 풍광을 이루면서 세상을 밝히는 위대한 인물을 탄생시켰다.

전형적인 배산임수背山臨水는 암탉이 알을 품듯 포근하게 마을을 감싸고 있다. 마을의 서쪽 산에서 이를 바라볼 때 수탉이 활개 치는 모습이어서 닭이 알을 품은 형국인 금계포란金鷄抱卵형이라 하여 닭실 또는 유곡酉谷이라 한다. 유곡리는 구현(구무고개)·귀말(우촌)·유곡(닭실)·토일(묘곡)·사동(사막골)·새마을·송생(송생이)·중촌(안닭실)·탑평리(탑돌이) 등의 자연부락을 포함한다.

닭실 입향조 권벌權橃 선생의 증조 권계경과 전주 李씨 사이의 2남 1녀 중 둘째 아들 곤琨의 손자가 권벌이며, 딸 안동 權씨는 대사헌을 지내 이승직李繩直의 아들 이시민李時敏에게 출가하였다. 이시민과 안동 權씨의 외손녀가 퇴계 이황의 어머니 춘천 朴씨이며, 권벌의 할아버지 권곤權琨은 도계촌의 정약鄭若의 딸 청주 鄭씨와 혼인하는 등 안동 지역의 사족들과 혼인을 통해 향촌사회에서 기반을 다져갔다.

1526년 충재는 자신의 집 서쪽의 커다란 거북바위 위에 청암정靑巖亭을 짓고, 이우, 이현보, 손중돈, 이언적 등과 교유하였으며, 청암정에는 충재의 친필 글씨와 퇴계 이황, 번암 채제공의 시, 미수 허목의 '청암수석靑巖水石' 현판이 걸려 있다.

1533년 6월 28일, 성균관에 유학하던 이황이 대과 향시에 응시하기 위해 서울을 떠나 경상도로 내려가게 되었다. 기묘사화에 연루되어 파직당하고 15년간을 고향에서 지내다가 1533년 복직되어 밀양부사로 제수되어 임지로 내려가는 권벌權橃과 마전포에서 만나서 예천 삼강나루까지 동행하였다. 권벌은 명종이 즉위하자, 어린 왕을 보좌하는 원임대신〔院相〕을 맡았으나 1545년 을사사화의 화禍를 면할 수 없었다.

퇴계는 청암정에 올라서 지은 〈유곡청암정酉谷靑巖亭〉에서 청암정의 정취와 충재 공에 대한 애틋한 정을 느낄 수 있다.

유곡은 선공께서 너르게 닦은 터,
구름 낀 산 두르는데다 물은 고리처럼 굽어도네.
정자 어진 섬에 지으니 다리 놓아 들어가고,
연꽃 맑은 물에 비치니 그림이 살아 움직이는 듯.

酉谷先公卜宅寬 雲山回復水彎環 亭開絶嶼橫橋入 荷映淸池活畫看

청암정

경자년

충재는 기묘사화 이후 유곡에서 15년간 은거하다가 1533년 복직되어 유배되기까지 15년이었다. 만약 은거와 유배의 순서가 뒤바뀌었다면 어떠했을까? 다산茶山은 18년 유배 후 고향에서 18년을 살면서 불후의 명작 여유당전서를 집필하지 않았던가.

청암정은 거북바위 둘레에 해자垓字를 파서 걸음을 머뭇거리게 한다는 척촉천擲燭川을 둘러서 마치 거북이가 물에 뜬 형상을 하고 있다. 청암정의 건립 초기에는 연못이 없었다. 본래 서북쪽 끝에 위치한 온돌의 아궁이를 막아 방을 마루로 바꾸고 주변을 파내어 연못을 만들었다. 청암정은 자연적인 요소 외에 인위적으로 조성된 서재인 충재冲齋와 주거생활 공간인 종택宗宅의 마당과 청암정을 둘러싼 정원이 상호 유기적인 관계를 이루고 있다.

청암정은 가로열의 정면 3칸, 측면 2칸의 6칸 누마루와 세로열의 2칸 규모의 마루방과 전후로 반 칸 규모의 마루가 T자 형의 평면구조를 갖추고 있다. 자연 그대로의 암반이 기단 역할을 하므로 주춧돌과 기둥 길이는 각 위치에 따라 차이가 있다. 기둥 상부는 초익공 방식이며, 가구는 오량가구다. 지붕은 누마루간 위의 팔작지붕과 마루방 위의 맞배지붕으로 되어 있다. 누마루간은 종가 방향의 3면에 창호를 달지 않고 종가와 연계하였으며, 마루방은 누마루 쪽에 눈곱재기창이 있는 들어열개 문을 달아 공간의 확장성을 확보하여 내부 공간의 넓은 시야를 확보하였으며, 마루방은 삼면에 계자난간을 둘러 장식하고 단청을 하였다.

유곡 청암정

청암정은 두 건축가의 조형 세계에 큰 영향을 주면서 오늘날 건축가들의 연구 대상으로 관심을 모으게 되었다.

한 건축가는 어린 시절에 청암정에 소풍하고, 석천계곡 너래 반석에서 미끄럼 타고 물고기를 쫓아다녔던 봉화의 하동夏童이었다.

또 한 사람은 그의 스승 김수근이다. 청진의 사업가 김용한金龍煥의 아들 김수근은 청진에서 태어났지만 어머니 김우수달이 청진 천마학교에 입학한 김수근을 서울 교동학교로 전학시켰다. 서울의 수송동, 가회동, 삼청동, 원서동을 옮겨 살았으며, 낙원동, 제동, 인사동의 골목길에서 자전거를 타고 제기를 차고 놀았다.

1944년 김수근은 경기중학에 입학하고 이듬해 해방을 맞는데, 그해 가을 영어를 배워 볼 목적에서 만난 한 미국인 병사가 건축학도였다. "건축은 종합예술이어서 미술, 음악, 문학을 공부하고 여행을 많이 하여 예술가적 심미안을 길러야 한다."

김수근은 주말이면 사찰을 찾아다니며 사진을 찍었다. 서울대학교 건축과에 진학하면서, 어린 시절 아버지의 고향 봉화에서 무심코 보았던 청암정이 여느 건축물과 다르게 보이기 시작했다. 그의 아버지 김용환은 자가용 하이어(hire)를 타고 다녔다. 김수근이 그의 아버지의 고향 방문길에 따라 나선 것은 하이어 타는 재미도 있었지만, 서울에서 볼 수 없는 촌락과 정자 등 한국의 전통건축을 스케치할 수 있었기 때문이다.

김수근은 6.25 동란 중에 서울을 미쳐 빠져 나오지 못하고 의용군에 잡혔다가 극적으로 탈출하여, 그의 아버지 김용환이 청진의 사업을 정리하여 금광을 하던 예산까지 걸어갔다. 1951년 가을, 그는 일본으로 밀항하였다. 동경예대 건축학부와 동경대학 대학원 과정, 다께야마(高山)연구실 근무, 일본인과 결혼하는 등 1960년 국회의사당 현상설계에 당선되어 귀국할 때까지 건축뿐 아니라 그림 전시회, 발레 공연, 오케스트라 연주회 등 다양한 예술의 장르를 접할 수 있었으며, 일본의 전통건축에 관심을 갖게 되었다.

국회의사당 현상 설계를 계기로 홍익대에 강의를 맡으면서 김환기, 이경성과 만나게 되고, 최순우 등 예술계 인사들과 교류하게 된다. 최순우와 전통 건축물을 답사하는 과정에서 청암정이 당대 유명한 학자들이 이상세계를 실현하고자 학문을 논하고 문화를 교류하였던 장소였다는 것을 알고,

'전통은 외양이 아니라 내적인 문제이며, 단순히 이어가는 것이 아니라 창조한다.'는 것을 깨달았다.

김수근은 청암정의 지붕의 기와골이나, 기와가 겹치면서 생기는 가는 선들을 보면서 양감을 선線적으로 처리하려는 시도를 끊임없이

하게 된다. 형태가 땅에 드러누운 안정감이라면 곡선은 땅에서 떠나려는 쓸쓸한 마음이요, 바람에 나부끼는 연약함이다. 한반도에 살았던 우리는 북방의 대륙이 강하면 남으로, 남쪽의 해양이 강하면 북으로 떠돌았다. 고무신의 코, 적삼의 소매, 지붕의 처마, 배흘림기둥 등 곡선이 아니면 마음이 차지 않는다. 선線은 우리 민족의 운명이다.

김수근은 부여박물관과 청주박물관에서 사용된 지붕 모티브는 바로 이런 선線의 이미지를 형상화한 것이다. 지붕의 형태 이외에도 자유센터의 기둥 디테일에도 기둥의 볼륨을 선화하였다.

김수근의 사후死後에 이루어진 서울월드컵경기장은 '공간空間'의 제자가 설계한 것으로, 거북바위 위의 청암정의 기억이 영감靈感으로 스치자 소반과 방패연을 조합하고, 이를 선線으로 형상화하였다. 전통이 새롭게 창조된 것이다.

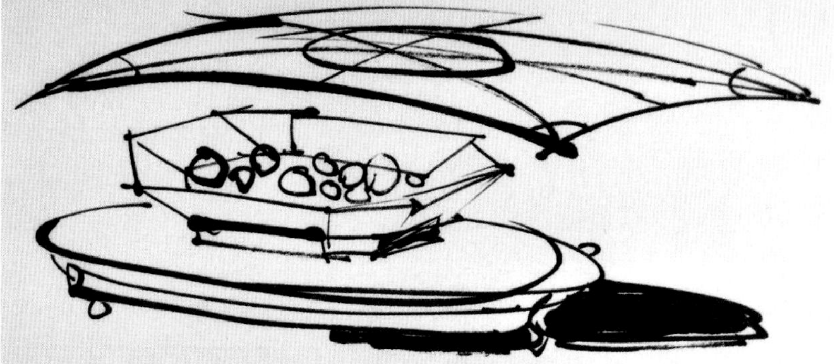

청하동천, 석천정

권벌의 후손들이 가문의 명예를 이어갈 수 있었던 것은 문수산 갈부자리에서 시작한 동막천과 우곡에서 흘러온 창평천이 합류하여 맑은 숲과 석천정石泉亭이 어우러진 천하제일의 임천林泉 청하동천青霞洞天에서 웅지雄志를 품을 수 있게 한 것이다.

닭실 마을 앞 솔숲 사이로 난 호젓한 길을 지나 석천정사에 닿았다. 들판 가운데 독존적 청암정과 완전히 다른 분위기였다. 자연의 물길이 형성한 골짜기의 풍광은 숲과 물이 어우러진 연비어약鳶飛魚躍의 생태계가 눈앞에 펼쳐졌다.

> 어제 청암정에 들렀다가 잠시 석천정에 올랐었네.
> 텅 빈 누각에 한 조각 달이요 흘러가는 물길은 구름이로다.

풍수지리는 자연을 거스르지 않고 자연과 조화를 이루는 것이다. 자연을 훼손하고 자연과 배타적이라면 당연히 인간의 삶에도 좋을 수 없다. 내성천이 흐르는 석천계곡의 풍광을 거스르지 않고 산세를 따라 비킨 듯이 수줍게 자리 잡은 석천정사는 인간과 자연의 정적情

的 교감과 지리의 이적利的 상교相交를 갖춘 걸작이다.

이 정자를 건립한 청암青巖 권동보權東輔의 〈석천정사石泉精舍〉 詩에서 정자의 운치가 그림처럼 그려졌다.

작은 가마가 지날 수 있는 시냇가 길에
글 읽는 정사가 물과 구름 사이에 보이네.
깊은 가을밤에 내린 비바람과
뿌연 서리에 시월의 공기 차갑구나.
나뭇잎은 떨어져 바위틈에 빽빽하고
이끼는 바위틈에 두껍게 끼여 아롱졌네.
백세토록 조상께서 거니시던 이곳에
친한 벗들 얼마나 오갔던고.

1745년 용와慵窩 유승현柳升鉉이 쓴 편지, '권일보에게 보내다[與權一甫].'에서, 석천정사는 덕망과 학식이 뛰어난 스승을 모시고 문중의 자제들을 가르치던 사숙私塾이었다.

「편지를 받고 여러 날이 지났는데 정양하는 안부는 늘 좋은지요? 우러러 그리는 마음이 간절합니다. 나는 전처럼 지내나, 눌은訥隱 어른은 계속 석천정사石泉精舍에 머무르시는지요? 바빠서 안부 편지를 쓰지 못했으니 이런 뜻을 전해 주십시오….」

1592년 완정浣亭 이언영李彦英이 25세 되던 해, 성균관에서 수업하다 왜란이 일어나자, 양친을 모시고 석천정石泉亭에 우거하였다. 이듬해 곽재우郭再祐가 창의한 의병에 참여하였으며, 진주에서 김성일金誠一을 뵙고 왜적의 방어책을 논하였다. 《완정집浣亭集》에 의하면, 석천정은 임진왜란 때 피난처가 되기도 하였다.

《영조 실록》(1746년)에, "경자년(1540)에 중묘中廟(중종)께서 경회루 아래에서 상화연賞花宴을 베풀었는데, 고 찬성 권벌權橃이 술이 취하여 물러나는 순간 소매 속에서 《근사록近思錄》 한 권을 떨어뜨린 것을 중묘께서 취해서 보신 일이 있는데, 이 책이 지금 병조 좌랑 권만權萬(권벌의 6대손)의 집에 있습니다." 하니,

임금이 권만으로 하여금 《근사록》을 올려 바치도록 명하였다.

1728년 이인좌李麟佐의 난이 일어나자, 안동 의병장 유승현柳升鉉을 도와서 격문檄文을 지어 군사를 모으고, 군량으로 곡물〔私穀〕 100여 곡斛을 내어 적진 근처로 가서 관군을 돕고자 창의倡義하였으나, 죄인들의 초사招辭에서 오히려 난에 연루된 혐의를 받게 되자, 석포에 문행당文杏堂을 짓고 낙강洛江의 안갯속을 거닐던 자유로운 영혼을 지닌 그 일보一甫는 병조 좌랑 강좌江左 권만權萬이다.

일보一甫의 관명冠名이 권만權萬이다. 일보一甫는 권만의 자字이며, 강좌江左는 그의 호號이다. 당시에는 이름을 소중히 여겨 함부로 부르지 않았던 관습이 있었다. 자字는 본 이름 외에 친구 사이에 서로

부르는 이름이며, 호號는 필명 또는 별호別號나 아호雅號 등을 가리킨다. 권만權萬은 1742년 한수정 중수를 계기로 세상 속으로 돌아왔다. 그는 소극적 자유를 버리고 적극적 자유를 택한 것이다.

어린 시절 유곡에 살았던 강좌江左 권만權萬은《유곡잡영酉谷雜詠》의〈석천정사石泉精舍〉詩에서 자신은 석천정이 좋다고 했다.

> 사람들은 청암정이 좋다고 하지만
> 나는 홀로 석천정을 사랑하네.
> 양쪽 언덕에 복사꽃이 피었다 지면
> 시냇물에 아득히 흘러가네.

人言靑巖好 我獨愛石泉 兩桃花滿發 川流去杳然

영남만인소

1720년에 장희빈의 아들 경종이 왕위에 오른 뒤 경종에게 후사가 없어, 숙종의 서庶 세자 연잉군(영조)이 1721년(경종 1년) 음력 8월에 왕세제로 책봉되었다. 연잉군의 어머니 숙빈 최씨는 물을 긷는 무수리 출신이었다. 당시 무수리는 궁중 하인 중에서도 그 직급이 가장 낮아서 흔히 '궁녀의 하인'으로 불렸다. 어린 연잉군은 같은 왕자이면

서도 어머니의 천한 신분 때문에 이복형이었던 왕세자와는 전혀 다르게 주위의 멸시를 받으며 자랐다.

갑술환국으로 남인을 제치고 정권을 독식하던 서인도 노론과 소론으로 갈려서 연잉군과 경종의 택군에 휘말렸다. 소론이 지지한 경종이 즉위 후 4년 만에 죽고 연잉군 영조가 즉위하게 되었다. 찬란한 문화의 꽃을 피운 영조시대가 열렸으나 숙종 임금이 뿌려 놓은 씨앗은 영조 시대의 개막에 맞춰서 조선 정가는 환란의 소용돌이에 휘말렸다.

영조 임금이 즉위하자, 위협을 느낀 박필현, 정희량, 정세윤을 비롯한 소론 과격파들은 영조와 노론을 제거하고 인조의 장자인 소현세자의 증손자 밀풍군 탄을 왕으로 추대하고자 하였다. 영조의 왕위계승이 부당함을 알리는 괴문서가 나도는 사건이 일어났다.

"경종은 연잉군이 보내준 개장을 먹고 독살되었으며, 연잉군은 노론 김춘택의 아들이다."

이인좌, 조성좌 등이 경종의 위패를 모시고 조석으로 곡을 하면서 영조의 경종 독살설을 시중에 확산시켰다. 청주성에서 일어난 반란군은 즉시 경상도와 전라도로 확산되었고, 관찰사와 병마절도사가 전사하기도 했다.

안동, 대구 등의 영남 유생들이 자발적으로 창의군을 조직하여 진압에 참여하였으나 난군 세력 중에 문경 사람 이인좌, 순흥 사람 정희량이 주동하였기에 영남에서 가장 발호했다는 이유로 남인들의 협조 설까지 확산되면서 영남을 반역 향으로 지목했다.

영조는 영남 사람 보기를 마치 요시遼豕처럼 여겼다. 영조는 영남을 반역의 고장으로 지목해 향후 일체의 과거 응시를 중지시키는 강경 조치를 취했다.

"깊은 밤 궁궐에 누워 생각이, 영남의 일에 이르면 나도 모르게 탄식이 나와 잠을 이룰 수가 없다."

노론 편에서는 무신란의 사상적 연원을 남명, 정인홍의 학통으로 소급해 특히 경상우도 사족을 철저히 탄압했던 것이다. 영남의 유생들이 만인소를 올리게 된 발단은 영조의 즉위를 반대한 서인 일파가 무신년(1728)에 일으킨 무신난의 60주년인 무신년(1788)을 맞이하여 영남의 선비들이 그동안 지역적 차별을 당한 억울한 무고의 진실과 당파의 고질적인 폐단을 알리는 것이었다.

도산서원을 출입하는 유생들이 중심이 되어 학가산 봉정사에 모여 무신창의의 만인소를 의논하는 과정에서 이진동은 학식과 인품이 걸출하고 매사에 정의롭고 일처리가 명료하여 영남유생을 대표하는 소수疏首에 추대되었다. 이진동을 비롯한 영남 유생들은 상소문과 〈무신창의록戊申倡義錄〉을 작성하여 상경했는데, 무신창의록은 이인좌의 난 때 영남 유생들 모두가 이인좌에게 동조한 것이 아니라, 반군에 맞서 싸운 유생들도 많다면서 그 공적을 기록한 책자였다.

「이인좌의 난 당시 유승현과 권만 등 영남 선비들이 자발적으로 일어나 반란군과 맞서서 투쟁하였으며, 반란군은 소론과 남인 과격파이고 영남 사림과는 무관하다는 점을 전제한 뒤, 사도세자의 죽음이 정당하다는 노론 벽파의 임오의리 문제의 진실을 알고 있으나, 노론의 탄압으로 30여 년이 지나도록 감히 입을 열지 못하고 있었는데,

"정조가 안동 도산서원을 방문하여 여악과 향락을 즐기러 갔다."

유성한의 거짓 흉소가 있었고,

"우리 노론은 경종에게는 신하의 의리가 없다."

윤구종의 망언을 전해 듣고, 영남 유생들은 이를 바로잡기 위하여 상경했으며, 사도세자의 평소 현명한 언행과 학식으로 보아 정신이 상자일 리가 없고, 세자와 영조와의 원만한 관계를 언급하면서 벽파의 사악한 무리들에 의해 이간질 당하고 끝내 원통히 죽었으니, 마땅히 사도세자에게 누명을 씌운 역도들을 찾아내 처벌하여야 할 것이며, 임오의리 문제는 부자 또는 조손간의 차마 말하지 못하고, 차마 듣지 못하는 사안이지만 영조가 금등문서를 남긴 것처럼, 그것은 충역을 가리고 시비곡직을 가리는 것은 당연한 일이고, 그 일은 더 차원 높은 효와 의리를 찾을 수 있으며, 전하께서 영남을 특별히 잊지 않고 권념해 주시고 파격적인 예우를 해주시니 영남의 사림들은 모두 전하를 위해 몸 바쳐 보답할 각오가 되어 있으므로 선 세자(사도세자)를 위해 왕에게 변무하고 죽음을 무릅쓰고 직간하는 것이며, 유성한과 윤구종의 경종에 대한 불충은 선 세자에 대한 불충과 다를 바 없으니 여러 신하의 주청대로 마땅히 그들을 역률로 다스려야 한다.」

《무신창의록》은 무신년(1728년) 이인좌의 난이 일어났을 때, 경상도에서 기병한 의병들에 대한 기록을 모은 책이다. 난이 일어난 지

60년 후인 1788년 (무신년)에 정조가 안동의 의병장 유승현과 권만에게 관작을 내리고 그때의 사적을 조사해 보고하라는 명령을 내렸다. 그러나 감사 등이 별다른 움직임을 보이지 않자, 이진동이 도내의 인사들과 더불어 각 읍의 의병에 대한 기록을 모아 책으로 편집한 후 정조 임금에게 바쳤다. 왕은 그 책을 경상도에서 간행하게 하였으나 이루어지지 않다가 19세기 말에 이르러 간행되었다.

경상도 무신창의사적으로 안동, 상주, 예천, 순흥, 영천永川, 의성, 예안, 풍기, 영천榮川, 진보, 영양, 봉화, 용궁 등 13개 지역의 창의사적으로 의병의 조직과 활동을 규정한 절목, 의병의 조직 과정과 난의 경과를 기록한 일기, 의병조직에 참여를 호소하는 통문, 격문, 군령, 전령, 방榜과 의병의 군량 지원을 위해 각 지역의 원院, 서당, 역원 등에서 보내온 쌀, 사환 등의 구체적 내용이 기록되어 있다.

이 책에서 특히 중요한 부분이 되는 것은 절목과 일기로서 절목은 장정의 의병참가를 의무화하고 있으며, 의병 기피자는 엄한 군율로 다스리고 있다. 일기의 내용은 3월 15일부터 난이 평정되어 의병을 파하는 4월 7일까지의 난의 발생과 의병조직, 통문의 수발, 난의 진행 동태를 수록하고 있다. 특히 순흥, 영천榮川(영주) 등의 일기에는 관찬 자료에서 언급되지 않은 구체적인 난의 진행과정이 기록되어 있으며, 또한 안음, 거창을 근거로 난을 일으킨 정희량 등에 대한 보고기록이 있다.

청와대가 보이는 풍경
乙酉

호소사 조덕린사적, 소모사 황익재사적은 경상도 각 지역의 의병 호소와 의병조직을 중앙에 보고한 내용이며, 별록은 감란록 및 읍지 등에서 관련기사를 옮겨 적은 것으로 안동, 상주, 선산, 예안, 영천, 예천, 영해, 하동 등지 사인士人들의 활약상에 대한 것이다.

이진동의 무신년 상소가 성공적이었음은 그 결과로 임자년에 도산서원에서 별시를 본 것이다. 1792년 3월 정조는 각신(규장각 신하) 이만수를 영남으로 보내어 도산서원에서 별시別試를 치르게 하였다.

1788년 이진동李鎭東의 영남만인소는 1728년 이인좌의 난 60주년이며, 권만의 탄생(1688년) 100주년이었다.

무신년(1788)에 나라를 위해 목숨을 바친 사람들과 공로 있는 사람으로서 제사를 지내주어야 할 사람들과 벼슬을 추증한 사람의 대를 이은 후손으로서 조용調用할만한 사람들을 묘당廟堂에서 기록을 소급하여 상고해 계품啓稟하여 시행하라는 명을 내렸다.

유승현柳升鉉은 참판贈參判, 권만權萬은 참의贈參議가 추증되었다. 영남만인소의 소수疏首 도산서원 훈도 욕과제 이진동李鎭東은 권상충의 사위 반초당 이명익李溟翼(충청도 관찰사)의 현손이며, 권만의 손녀가 이진동의 배配 안동 권씨 부인이다.

1746년 강좌江左 권만權萬이 양산 군수가 되어 부임할 때, 대산大山 이상정李象靖이 '닭 잡는데 소 잡는 칼을 쓴다(弦歌正屬割雞秋).'고 빗대면서, 자유로운 영혼이 자아의 독립을 버리고 결국 출사의 길에서

장한 뜻을 펼치길 기원했다.

나그네 말 느릿느릿 양주로 내려가니
칠점산이 물가에 외로이 섰네.
가시밭이 도리어 봉황 깃들 땅이 되니
현가는 참으로 할계할 때이리.

征駒冉冉下梁州 七點山孤水盡頭 枳棘還成棲鳳地 弦歌正屬割雞秋

훗날 대산大山이 표류한 왜인倭人에 대한 접위관接慰官이 되어 동래東萊로 향했는데, 언양彥陽에 유숙하였다가 이튿날, 통도사通度寺에 들어갔는데, 동구洞口에 바위가 하나 우뚝 서 있었다. 높이는 세 길 정도인데, 앞면엔 강좌江左 권장權丈 형제의 이름이 새겨져 있었고, 뒷면에는 '강좌옹江左翁'이라는 세 글자가 새겨져 있었다. 한참을 어루만지다 보니, 해 질 녘 인근에서 피리 소리가 들리는 듯 감흥이 일어, 통도사 동구에서 강좌 권장의 이름이 새겨진 것을 보고 감회가 일어(通度寺洞口見江左權丈題名有感)를 지었다.

맑은 시내 한 굽이는 산을 감아 흘러가고
솔 회나무 그늘 속엔 작은 길이 열렸구나.
말 멈춰 선 석양녘에 드는 생각 무한하니
옛사람의 남은 자취 반은 이끼 덮였구나.

소나무들이 바람에 춤을 추듯 늘어선 통도사 나들길은 '무풍한송로舞風寒松路'라 하고 세계문화유산으로 보호되고 있으며, 소나무 사이로 글씨를 새긴 바위들이 즐비하다.

어느 해, 나는 그 '무풍한송로'에서 강좌의 각서를 찾았으나 발견하지 못하고, 다만 부도원浮屠院 입구에 촛대처럼 우뚝 선 바위가 있어서 혹시나 살펴보았더니 각자를 지운 흔적이 있었다.

비록 강좌의 암각서는 볼 수 없었으나, 박제상·조영규 등과 양산 충렬사에 배향되어 있으며, 춘추원春秋園에 그의 사적비가 남아 있다.

청하동천

시냇가 언덕에 비킨 듯이 앉은 석천정사石泉精舍는 솔숲과 너래 반석 위에 흐르는 물과 청아한 바람과 외진 골짜기의 적요寂寥가 어우러져 선경을 느끼게 한다. 석천계곡 초입의 '청하동천靑霞洞天' 암각서는 충재의 5대손 권두응權斗應이 쓴 글씨를 바위에 새기고 주사 칠한 것으로 신선이 노니는 무릉도원의 금표禁標인 셈이다.

석천 계곡의 물은 닭실 마을 앞을 빠르게 지나서 석천정사 앞에서 잠시 머물러 천혜의 경관을 만든 후 너래 반석을 타고 흘러내리면서 하동夏童들의 놀이터가 되어주었다. '청하동천青霞洞天' 암각 앞을 지나면서 문수산 골짜기의 모래·자갈을 쌓아놓고 흘러갔었다.

지금, 청하동천은 바위와 풀, 나무들이 어우러져 티 없이 맑은 물이 흐르고 있었다. 새들이 앉았다 날아간다.

'모래가 있었는데…,'

물이 나에게 무언가 말하려는 듯 하더니, 말없이 속으로만 흐른다.

퇴계는 18세 봄에 제비실(燕谷)에 갔다가, 호젓한 산골짜기에서 작은 연못을 발견하고 다가가니 물이 너무나 맑고 고요했으며, 연못 주위에 풀이 우거졌고 하늘에 구름 떠 있는데, 연못 위를 어지러이 날아다니는 것을 관찰하여 시를 지었다.

이슬 맺힌 풀잎은 물가에 우거졌는데,
고요한 연못 맑디맑아 티끌 한 점 없네.
떠가는 구름 나는 새는 본시 연줄이지만,
다만 저 제비 발길에 물결 일까 두렵네.

露草夭夭繞水涯 小塘清活淨無沙 雲飛鳥過元相管 只怕時時燕蹴波

냇물은 흔히 모래가 있어야 한다고 여긴다. 그 모래는 어디서 왔을까? 무분별한 산림벌채로 산의 흙이 홍수에 사태져 강물에 흘러 내리니, 그 모래는 강바닥에 쌓여서 주변의 농지보다 높아져서 내성천은 천정천天井川의 대명사가 되었다.

나뭇잎이 떨어져 유기물로 변하여 산의 토양을 기름지게 하지만 사태지면 박토로 변한다. 닭실 마을 동막골 한 골짜기의 나무들은 제대로 성장하지 못하여 나뭇가지가 비틀리고 키 작은 나무들뿐이다.

나의 유년시절은 해방과 6.25전란에 흉년이 겹쳐서 배고픔이 전쟁보다 무서웠다.

"옥적봉 푸른 솔잎 정기를 받아 배우고 씩씩하라 아름다와라."

나는 우리 학교의 교가를 흥얼거리며, 옥적봉에서 송구(껍집)를 벗기고, 솔방울과 갈비(솔가리)를 깍지(갈퀴)로 끌어왔다. 송충이는 솔잎만 먹지만, 나는 나무를 베고 거름이 될 낙엽까지 긁었었다.

물은 정직하다. 산이 헐벗으면 산을 깎아서 홍수가 되어 농토를 쓸어 엎고 가옥을 무너뜨린다. 탁류는 흐르다가 힘이 빠지면 모래톱을 남겨 놓고 제 혼자만 떠난다. 모래의 정체는 산을 황폐화시킨 결과물이다.

강바닥에 모래가 없다는 것은 옥적봉 푸른 솔이 본래 모습을 찾아 가고 있는 징조이다.

5. 내성천

큰거랑

삼계에서 석천계곡 청하동천 들머리는 봄이면 벚꽃으로 여름엔 매미가 자지러지는 가로수 길이다. 산 아래 고즈넉한 삼계서원을 왼편으로 그윽이 바라보면서 내성천을 따라 걷노라면 울울창창한 솔숲에서 흘러오는 물결에 도화桃花라도 떠내려올 것 같다.

문수산 주실령에서 오계구곡을 지나 물야物野를 적시며 흘러온 계류가 문수산 우곡에서 창평들을 적시며 청하동천을 빠져나온 계류가 삼계에서 만난다. 문수산에서 태어나 각각 다른 방향으로 헤어졌던 형제가 다시 만나듯 두 물이 함께 먼 여정을 시작하게 된다.

삼계에서 시작되는 물길은 오계梧溪도 창평천도 아닌 '내성천'으로 새롭게 불려지는 것은 산골짜기 시냇물에서 대하大河로 흐르는 江으로 새롭게 태어난 것이다.

모든 강의 상류는 아침 이슬같이 맑고 평화롭고 겸손하다. 새와 짐승들이 마시고 산과 들녘에 꽃을 피우고 열매를 맺게 한다. 그러나 먹구름이 산을 타고 오르는 여름철 소나기는 성난 홍수洪水가 되어 우르르 쾅쾅 지축을 흔들면서 쏟아져 내린다.

햇볕 바른 문수산 남쪽 창평들에서 따뜻해진 공기가 상승하여 차거운 문수산을 넘을 때 비구름이 비를 뿌리며 흩어진다. 하늘과 땅, 천지天地가 조화를 부린 것이다.

천둥번개와 집중 호우豪雨가 문수산 골짜기로 쏟아져 산을 깎고 흘러내린 물이 들녘에 범람하면서 흘러내린 황톳물〔洪水〕은 삼계리 합소에 도달할 때쯤, 청하동천이 지닌 고요의 선경도 염화시중拈華示衆의 미소가 아니다. 두 물이 만나는 '두물머리'는 어디나 그렇듯이 용호상박龍虎相搏의 자세로 두 물이 서로 맞잡고 아래위로 자세를 바꿔가면서 씨름을 하듯 빙빙 돌면서 강바닥은 깊어지고 강기슭은 파이고 흩어진다.

물야의 오계천과 창평천의 청하동천이 합수하여 소沼처럼 물이 깊어서 합수〔合沼〕라고 하였으며, 봉화의 내성천 중에서 가장 깊고 물살이 센 곳이었다. 합소에서 만난 두 물은 같은 문수산에서 방향이 다른 곳으로 흘러내렸다가 다시 만난 것이며, 여름철 홍수는 문수산을 깎아낸 피와 살점이다. 헤어졌던 형제가 다시 만났으니 서로 얼싸안고 뒹굴며 황톳물〔洪水〕를 일으킨다. 황톳물은 물과 흙이요, 흙은 모래와 진흙이니 한 몸이면서 삼위일체다. 홍분이 가라앉으면 차차 본성으로 돌아가 물과 흙이 함께 흐르다가 모래만 남기고 흘러간다.

산골짜기를 흘러온 두 물은 합소를 빠져 나오면서 한 몸이 되고 강폭이 넓어지면서 '내성천'으로 불리게 된다.

내성리 사람들은 내성천을 '큰 거랑'이라 한다. 한강이 크고 넓은 강을 의미하는 '한가람'이 변한 것과 같이, 내성천의 또 다른 이름은 '큰 거랑'이다. 두 거랑이 삼계三溪에서 만나서 '큰 거랑'이 된 것이다. 한강이 수도首都의 조건이 될 수 있었던 것과 같이, 내성이 군청소재지인 것은 내성천이 있어서이다.

구상具常 시인은 〈강〉에서 생래生來의 즐거움을 노래했다.

"물 밑의 모래가 여인네의 속살처럼 맑아 온다.
잔 고기떼들이 생래生來의 즐거움으로 노닐고
황금의 햇발이 부서지며 꿈결의 꽃밭을 이룬다."

시인이 노래한 강은 아마도 내성천이었을 것이다. 내성천은 모래가 흐르던 강이었다. 강물에 모래가 있어서 잔 고기떼들이 생래生來의 즐거움으로 노닐고 황금의 햇발이 부서지며 꿈결의 꽃밭을 이루었다.

강모래의 여행

나 자신이 '큰 거랑의 모래'라는 생각을 해 보았다.

"우리는 삼계에서 서로 만나서 기쁨에 춤을 추면서 빙글빙글 돌았습니다. 황토물이 소용돌이 칠 때는 물과 함께 같은 방향으로 돌아야 합니다. 물 밖으로 억지로 빠져나오려고 하면 소용돌이에 말려들어 가게 됩니다. 소용돌이를 벗어나기 위해서는 물속으로 들어가서 밖으로 나와야 합니다. 합소에서 간신히 빠져나온 후 내성천 물결에 실리어서 영동선 철교 아래를 지나서 남쪽으로 흘러가고 있습니다.

우리 모래들은 내성천 철교 교각을 떠받들고 있었지만, 지난 번 홍수 때 너무 힘들어서 그만 물에 휩쓸려 떠내려갔습니다. 그 빈자리가 수심이 깊어지자, 하동夏童들이 몰려와서 교각 위에서 곤두박질쳐 뛰어내리고, 피라미 친구들도 교각 아래의 깊은 소沼에 몰려다닙니다.

철교를 빠져나온 나(모래)는 강폭이 넓고 미끄러운 자갈 위의 물결에 실려 떠내려가지만, 나의 오랜 친구인 피리나 은어는 물결을 거슬러 상류로 올라갑니다. 여름철 저녁노을을 등지고 흐르는 강물에 플라잉 낚시하는 청년의 발밑에서 꼬물꼬물 간질이다가 나는 강 하류로 여행을 계속하려고 합니다.

내성천은 여름철 우기雨期가 아니면 수량이 적은 편이어서, 강물은 강둑을 따라서 좁은 수로를 흘러가다가 호골산에 막히면서 나는 친구들과 강변에 남아서 하얀 모래톱이 되었습니다.

겉으로는 모래톱이지만 속으로 물을 품고 있어 부드럽고 편안하여 모든 것을 너그럽게 받아줍니다. 햇살에 아지랑이 아롱이는 모래톱에 알을 품는 꼬마 물떼새(plover)들이 집을 짓고, 둥그렇게 홈을 파고 턱만 쏙 밖으로 내놓고 개미를 기다리는 개미귀신도 품어줍니다. 모래톱 위로 고추잠자리들이 떼지어 날 때면 제비들이 새끼들을 데리고 먼 남쪽나라로 떠나도, 모래무지·피라미·돌마자·종개·납자루가 물살을 타고 즐겁습니다.

어떤 탁류濁流라도 우리들 속을 빠져나가면 명경수明鏡水로 변하지요.

내성리 사람들은 기우제祈雨祭를 지내기도 하고, 때로는 떠돌이 곡마단이 천막을 치고 서커스를 하고, 단옷날이면 길게 땋은 머리에 궁궁이芎藭(천궁)를 꽂은 처녀들이 녹색저고리 빨간 치마를 펄럭이며 창공으로 날아올라, 저마다 춘향이가 되었습니다.

유리창·거울·안경·현미경·망원경의 부재部材는 유리琉璃이지만, 유리의 원천은 모래입니다. 현미경이 미생물에서 병원균을 발견하면서 의술醫術이 발달하고, 천체 망원경이 우주 공간을 멀리까지 살필 수 있으니, 우리는 결코 쓸모없는 모래가 아닙니다.

모래는 모래바람으로 먼지를 일으키는 분산分散의 명수名手이지만, 시멘트와 결합하여 집을 짓고 다리를 놓고 댐을 만들면서 모래의 쓰임은 모래만큼 많아졌습니다."

강의 모래는 인간들이 송충이처럼 숲을 훼손하면서 생긴 결과물이었으나 숲이 제자리를 찾게 되면서 내성천에는 모래가 없어졌다.

해마다 내성천 은어축제를 하는데, 내성천 황금축제는 어떨까. 모래가 없는 내성천에 금정광산의 금광석을 파쇄하여 금모래를 뿌려놓는다면, 현대판 '황금의 땅 마더 로드(Mother Lode)'로 사람들이 몰려드는 세계 최고의 축제가 되지 않을까 ….

내성리 사람들

봉화 명호 역개 마을에 살았던 송죽재松竹齋 박제형朴齊衡은 세상이 처음 열리던 때를《후천자문後千字文》詩로 지었다.

乾坤肇判　하늘과 땅이 처음 나뉨에
混沌漸闢　혼돈混沌이 점차 사라지고
査滓淳漓　찌꺼기가 말끔히 정화되어
樞紐胳穆　중심이 조화롭게 어울렸네.

내성리라 부르기 전에는 이름도 없는 나루터〔浦〕였다. 닭실, 황전, 선돌, 반송, 삼계, 진댕이, 유루골, 범들이, 솔안, 바래미…

골짜기마다 풀집을 짓고 울타리에 박이 열리듯 자식들이 자랐다.

내성리는 포저리를 개칭하였는데, 포저리浦底里는 나루터를 의미하듯이 내성천이 자연 하천으로 범람과 침식을 하던 때 배를 타고 강을 건너다녔었다.

삼계리의 삼계서원을 중심으로 유곡酉谷에는 안동 權씨 권벌의 청암정靑巖亭, 황전黃田마을의 의성 金씨 황파黃坡 김종걸金宗傑의 도암정陶巖亭, 솔안 마을의 전주 柳씨 류승조의 환수정還水亭, 해저리의 의성 金씨 만회고택·팔오헌종택, 유루골〔幼鹿〕 홍해 裵씨 마을의 갱장각羹牆閣, 범들이의 눌재訥齋 이홍준李弘準의 외영당畏影堂, 문단 원구 마을의 화포花浦 충정공忠正公 홍익한洪翼漢 충렬비忠烈碑 등 의리를 밝히고 도학道學을 중히 여기는 선비들이 모여 살았으며, 비록 외딴 마을 쇠잔한 동리라도 어디나 글 읽는 소리가 들렸다.

1907년 군郡의 소재지를 봉성鳳城에서 춘양春陽으로 옮겼다가, 1914년에 다시 내성乃城리로 옮기게 된 것도 내성천과 무관하지 않다. 1891년(고종 28)에 간행된 송종운宋鍾雲의 도곡집道谷集에,

> 봉성의 산세 가장 웅장하고 기이하니
> 태백산 우뚝이 남쪽 지방을 진무하네.
> 은거할 만한 신선의 고장이라고 진즉 믿었는데,
> 다스리기 쉬운 순후한 풍속이라는 것도 알겠네.

鳳城山勢最雄奇 太白巍然鎭火維 已信仙區堪作隱 亦知厖俗易爲治

송종운은 "봉화奉化를 봉성鳳城이라 한 것은 태백산이 현의 북쪽에 있으며 은거할 만한 신선의 고장이다."라고 읊었다.

봉화는 진한 중에서 북쪽에 위치하여 고구려의 내기군 고사마현에 속하였다가 신라 파사왕(80~112) 때 신라 영토에 속하였다.

우리의 지명은 중국의 지명을 닮은 곳이 많은 데, 중국 질강성 봉화시奉化市는 장제스蔣介石 총통의 고향으로 설두산 아래 섬계가 흐르는 도원경桃源境이다. 그는 이곳에 모친의 능원과 지암이라는 사당을 세웠으며, '生則同樂 死則同穴'이라 하여 부부가 고향에 묻히기를 염원하였다.

봉화奉化는 장제스의 고향 지명과 같을 뿐 아니라 설두산 아래 섬계가 흐르듯 문수산 아래 내성천이 흐르는 청하동천靑霞洞天이다. 자연경관이 빼어난 봉화에는 오계구곡, 갈산구곡, 법계구곡, 대명산구곡, 춘양구곡, 광진구곡의 도원경이다.

봉화군의 군청 소재지인 봉화읍은 내성천이 시가지 가운데를 흐르면서 내성천 강변은 봉화 사람들의 스포츠와 축제의 무대가 되었으며, 오늘날 내성천은 봉화 사람들 삶의 중심에 있다.

1588년 내성리를 중심으로 지방유림의 공의로 설립한 삼계서원은 충정공 충재 권벌權橃의 학생學行을 경모하기 위해 창건하여 선현배향과 지방교육을 담당하여 왔다. 서원의 강당인 정일당에서는 지역의 여러 행사와 유림들이 모여서 회의하던 강당이었으며, 동재東齋는 제원祭員의 숙소로, 서재西齋는 유생들이 기거하면서 공부하던 곳이다.

1607년 안동대도호부사安東大都護府使 한강寒岡 정구鄭逑가 삼계서원의 사당을 충정공사忠定公祠, 당호堂號를 정일당精一堂, 동재東齋를 사무사思無邪, 서재西齋를 무불경毋不敬이라 하였다.

한강寒岡은 21살 때 그의 스승 덕계德溪 오건吳健의 권유로 63세의 퇴계를 찾아뵙고 《심경》과 예설에 대하여 질문하였으며, 23살 때 둘째 형 곤수崐壽와 함께 퇴계를 다시 찾아가서 《심경》을 받았다. 묵향 그윽한 퇴계의 계상서당 벽의 삼언십이자三言十二字, '思無邪, 毋不敬, 毋自欺, 愼其獨.'는 젊은 정구의 가슴에 깊이 새기게 되었다.

"간사한 생각을 하지 말고, 사람을 대함에 불경함이 없어야 하고, 스스로를 속이지 말고, 혼자 있어도 언행을 조심한다."

한강寒岡은 사문斯文을 일으키고 후학을 가르치는 일이 자신의 책임이라고 믿었다. 한강寒岡을 거쳐서 허목에게 이르는 학문은 성호 이익에게 흘러들고 성호를 사숙하게 되면서 다산 정약용에게로 흘러내리면서 근기학파의 맥을 잇게 되었다.

봉화 사람들은 '思無邪, 毋不敬, 毋自欺, 愼其獨.'의 정신으로 자신들이 살고 있는 땅을 존중하여 지명 하나에도 가벼이 여기지 않고 깊은 의미를 부여하였다.

봉화군의 군청 소재지를 내성乃城, 상서로운 상운祥雲, 산물이 풍성한 물야物野, 양지바른 춘양春陽, 봉화현 소재지 봉성鳳城, 첩첩산

중 소천부곡小川部曲의 소천小川, 낙동강 최상류의 석포石浦, 군의 중심지 법전法田, 호수같이 맑은 명호明湖, 산세가 아름다운 재산才山 등 10개 면의 명칭이 각기 그 지역의 자연적 특색을 표현하고 있어, 이름만 들어도 그 지역의 산물과 인심이 묻어난다.

봉화 정, 봉화 금씨

봉화에는 다양한 성씨가 집성촌을 이루고 있지만, 봉화의 토성土姓은 봉화 금琴씨와 봉화 정鄭씨 두 성姓씨로서, 봉화 정鄭씨는 정도전鄭道傳의 고조高祖 봉화현의 호장戶長 정공미鄭公美가 시조이며, 봉화법전면 풍정리 노림마을과 명호면 질마재에 몇 가구가 모여 살고 있는 실정이다. 봉화백奉化伯의 작위를 받은 정도전은 그의 외할머니가 노비의 딸로서 그가 천출賤出이라는 것은 이방원이 '왕자의 난'을 정당화하기 위해 왜곡했을 가능성이 있다.

봉화 琴씨는 강화, 용인, 옥천, 담양, 영암 등지에 세거하였다가 고려 때 벽상공신 영렬공 금의琴儀가 봉화에 입거한 이후 봉화를 관향으로 정하였다. 금의琴儀의 12대손으로 은진현감을 지낸 금회琴淮의 넷째 아들인 군위공 금계琴啓의 종택이 자리잡은 명호면 고감리 고란마을 사마산斯馬山은 봉화 금씨의 발원지로서, 문수산에서 퇴계가 태어난 도산의 용두산을 잇는 지맥이다.

오늘날 대문과 행랑은 세월에 무너지고, 정면 6간, 측면 5간의 口자형 정침과 一자형 아래채와 시조가 심었다는 1根 3樹의 회화나무와 효정孝井이 원형대로 보존되고 있으며, 군위공 종택은 논어의 오미사악을 뜻하는 '오미당五美堂'이 당호이며, 상운면 하눌리에 시조의 단소壇所를 모신 추원재追遠齋가 있다.

고려조부터 안동지역의 명문가 반열에 올랐던 봉화 琴씨 집안은 자긍심이 남다른 편이었다.

퇴계의 며느리 琴씨 부인은 봉화훈도 금재琴梓의 딸이다. 금재는 김효로의 사위로 예안 외내 마을의 처가에 살았다. 퇴계는 아들 준寯을 데리고 외내〔烏川〕에 갔는데, 바깥사돈만이 맞이할 뿐 아니라 혼례식 후에 금씨 문중에서 금재琴梓에게 광분하여 항의하였다.

퇴계 문중에서 분개하자 퇴계는 타일렀다.

"사돈댁에서 무슨 말을 했든, 또 무슨 일이 있었든, 우리가 관여할 바가 아닙니다. 가문의 명예란 문중에서 떠든다고 높아지는 것도 아니요, 또 남들이 헐뜯는다고 낮아지는 것도 아닙니다. 상대가 예의를 갖추지 않았다고 해서 나도 예의를 지키지 않으면 그것이야말로 형편없는 가문이 되어버리는 것입니다. 더구나 우리는 사돈댁의 귀한 따님을 며느리로 맞이했는데, 하찮은 일로 소란을 일으키면 며느리가 평생의 한恨이 될 것입니다. 며느리를 봐서라도 화를 참아 주십시오."

종가의 혈통을 계승하여 봉제사와 접빈객, 위토位土와 문중 재산 관리, 문중의 문제를 중재·결정하는 역할을 맡은 종손宗孫은 문중의 대표자로서 각별한 예우를 받았었다. 현실적으로 전통적인 종손의 책무는 자유분방한 세대들에게 멍에가 될 수도 있다.

금창직 공의 세 아들 재탁, 재승, 재곤 삼형제의 맏형으로서 봉화琴씨 시조의 혈통을 이어받은 오미당五美堂 종손 금재탁琴載卓은 종가를 보존하는 일에 자신의 존재 가치와 의미를 두고 있다.

"종손으로서 피할 수 없는 길이니, 조상의 유훈을 받들어 종택을 보존하는 일에 여생의 보람으로 삼고 오히려 즐기고 있다."

회화나무 고목에 잎이 어울고 효정孝井은 맑고 깊은데
인적없는 오미당 정원은 새들의 세상이네.
얇은 적삼에 대자리 깔고 누워 생각하니
세상의 속된 영욕榮辱은 마음에 두지 않네.

봉화 농민운동

1914년 일제는 군청과 경찰서와 세무서를 설치하고 학교를 세우면서, 서원은 교육의 기능을 잃게 되면서 점차 봉화 사람들에게서 잊혀졌다.

일제는 내성세무서를 세워서 순진무구한 봉화 사람들의 재산을 수탈하기 시작했다. 농주에도 벌금을 매기고 누에고치, 담배 감정, 산림간수, 공동묘지, 청소검열, 창시개명….

첨성대보다 높은 경찰서 망루에서 오포를 불어서 마치 양떼를 몰 듯 식민植民을 다스렸다.

1932년 봉화경찰서 높은 담벼락 안 무덕관에서 6개월 동안 갖은 고문을 받았던 황윤경黃潤慶·권차응權次應·권우섭權宇燮·김창희金昶熙·박영발朴永發 등 봉화농민결사대원들에게 오포는 천둥소리로 들렸을 것이다.

닭실 마을의 재궁골에 안동 권씨 재궁 추원재가 있다. 권벌이 양재역벽서사건으로 귀양지인 삭주에서 죽자, 이곳에 유해를 모시고 재실을 지었다고 한다. 이곳은 일제강점기 당시 일제의 감시를 피해서 봉화의 진보적 청년들의 비밀스런 아지트(agitpunkt)였다.

1932년 5월 하순, 닭실 재궁곡齋宮谷의 비밀 아지트(추원재)에 모여 황윤경의 제의로 일본제국주의 침탈에서 벗어나고자 사회주의 이념을 수용하여 대중 계몽운동의 지도기관인 비밀결사를 조직하고 사회주의이념을 학습하였다.

1932년 7월 19일, 영주·봉화 적색농민조합 관련 인사 약 80여 명이 일경에 체포되어 10개월간 갖은 고문을 당하며, 1932년 4월 1일에 예심이 종결되고, 대구형무소에서 3년의 옥고를 치러야 했다.

갑오년

들락날락 내성장

태백산과 문수산의 줄기가 뻗어있는 산골짜기에 촌락을 이루고 살아가는 봉화 사람들은 교통·통신이 불편하여 예부터 물물교환이 이뤄지다가 조선시대에 들어와 5일장이 생겼다. 5일장場은 정해진 일정한 날에, 일정한 장소에 열리는 지방시地方市이다.

주로 생산자 간의 물물교환적 교역交易이었지만 보부상褓負商과 같은 상인의 참여도 있었다. 봉화군 내 5일장은 봉화읍의 내성장과 춘양면의 춘양장 법전면의 장동獐洞장 재산면의 재산장, 춘양면의 서벽장과 물야면의 후평장이 서게 되었다.

내성장은 경북 북부지방의 예천·영천(영주)현의 상권을 장악하고 있었다. 예천과 영주 등지에서 곡식·인삼·견직물과 내성의 금·은의 광물과 춘양목, 삼베·무명·명주 등 내륙의 상품이 내성장에서 울진의 선질꾼(장사꾼)들의 해산물과 교환되면서, "들랑날랑(들락날락) 내성장"이라는 말이 날 정도로 흥청거렸다.

동해안의 울진, 영덕 등을 오가는 보부상(선질꾼, 보따리상)들은 울진장과 흥부장(구부장)에서 해산물인 소금, 간어물, 미역 등을 구해서 쪽지게에 지고 12령을 넘어 내성으로 들어와 내성장·춘양장·

장동獐洞장(方田)·재산장 등에서 잡화와 약품 양곡 및 포목 등을 물물 교환하여 다시 12령을 넘어서 되돌아갔다.

작가 김주영은 《객주》를 중앙일보에 연제하고, 이를 엮어서 《객주》 9권의 대하소설을 출판하였다. 그후 12령 길이 있다는 것을 알게 되자, 가슴속에서 불같은 게 올라서 다시 한 권을 더 써서 《객주》 10권을 완결했다. 울진행상은 곧바로 내성장으로 갔다.

「상단은 어물도가에 짐을 풀어서 넘기고 임치표任置票를 받았는데, 사정에 따라 어음이나 환간換簡을 받거나 삭채표朔債票, 보음지保音紙를 받기도 하였다. 어물도가에서는 멀리 강원도나 충청도에서 온 원매자들에게 가절價折을 놓고, 구문을 떼고 피륙이나 잡곡으로 바꿔서 상단에 넘겼다.

저잣거리에는 할 일 없이 서성이던 맥장꾼, 철이 지나 헐한 물건들을 파는 마병장수, 뱀을 잡아 파는 땅꾼, 고기꾸미를 이고 팔러 다니는 꾸미장수, 짚신장수, 미투리장수, 항아리장수, 돗자리장수, 돼지고기장수, 떡장수, 광주리장수, 두부장수, 금지된 물건을 팔러 다니는 잠상꾼들도 있었다.」*

《하재일기荷齋日記》는 궁궐과 관청에 각종 그릇[器皿]을 납품하는 공인貢人 지규식池圭植이 쓴 일기로, 고종 28년(1891)부터 1911년까

---

* 김주영 《객주》 10권. 문학동네, 2013.

지 20여 년간에 걸쳐 쓴 것이다. 1899년 6월에 설립된 상무사商務社는 보부상褓負商을 관할하던 기관으로 전국의 보상褓商(봇짐)과 부상負商(등짐)을 흡수하여 보부상 중심의 상업 기구로 기능하였다. 본사는 전 평시서平市署 기지에 자리잡았고, 지사는 각 도 · 군 · 읍에 두었는데, 큰 읍에는 2개, 작은 읍에는 1개씩 설치하였다. 1899년 7월에는 전국 13도의 명사장明查長을 선정하고 조직을 정비하였다.

울진군 북면 두천리 주막거리 십이령길 초입에 울진보부상들이 봉화의 내성장 반수班首 권재만權在萬과 접장接長 정한조鄭漢祚를 기리는 '내성행상불망비乃城行商不忘碑'가 있다.

이 비는 철로 만들었으며, 일제의 수탈을 막기 위해 비석을 땅에 묻었고, 6.25 때 폭격을 피해 땅에 묻어서 지켜냈다.

영동선이 개통되고 울진 도로가 뚫리면서, 울진보부상은 이 세상에서 사라졌다. '내성행상불망비乃城行商不忘碑'는 울진보부상 자신들의 불망비가 되었다.

해방과 6.25를 거치면서 보부상들은 점차 사라졌으나, 내성장은 5일마다 군청 앞에서 십자골목까지 길가에 물건을 벌여 놓고 파는 난장이 펼쳐지고, 내성천 건너 보밑에 우牛시장(소·닭·돼지·개·염소)이 열렸다. 십자골목에는 포목점과 잡화점, 시외버스 정류소 앞 후생시장 골목은 어물전이 상설 점포로 자리 잡았었다.

성창 제재소

산이 높고 산림이 우거진 봉화에는 목재를 가공하는 제재소가 들어서기 시작하였다. 성창기업 창업자 만오晩悟 정태성鄭泰星 회장은 대구 농림학교에서 임학林學을 공부하고, 1916년에 영주에서 목재 판매점 '성창상회'를 열었다가, 1927년 봉화읍 가래골에 '성창목재소'를 운영하면서 봉화의 산림을 푸르게 가꾸는 조림사업을 시작하여 약 3,700ha에 이른다.

1955년 '성창기업(주)'은 부산항 적기 앞 바다에 '저목장'을 설치하고 합판을 생산했다. 1959년 국내 최초로 미국에 합판을 수출을 시작으로, 1966년 마루판을 일본과 유럽에 수출했다.

1970년대 새마을사업으로 합판의 수요가 급증하자, 태창·반도·선창, 한국요업(주), 반도목재(주) 등의 계열사를 설립하고 1988년 성창임업개발을 합병하였다.

정태성의 '성창기업'은 원목原木을 수입하면서도 봉화의 산림을 푸르게 하는 조림사업을 계속하였으며, 봉화 사람들을 성창기업에 취업시키고, 봉화 애육원(고아원)의 고아들을 부산의 성지공업고등학교에 입학시켜서 숙식과 학비를 무상으로 제공하였다.

부산 동래에서 영주로 옮겨 온 할아버지의 뒤를 이어서 영주 제일교회를 설립한 아버지 정석주의 신앙을 이어받아 정태성은 봉화 내성교회 장로에 장립하여, 서정실 장로(前 성창복재 사장), 최인순 권사(봉성초등학교 교감, 제세병원)와 함께 교회를 통하여 가부장적 유교사회의 남존여비 사상과 반상차별班常差別을 타파하고 자유롭고 평등한 사회를 위한 봉화의 근대화를 선도하였다.

부산 초량교회의 정태성 장로는 사후死後에 자신이 거주하던 부산시 남구 문현동의 주택을 교회에 헌납하여, 지금은 창성昌盛교회(목사 손성택)로 거듭났다.

> "오직 선善을 행함과 서로 나누어주기를 잊지 말라. 하나님은 이같은 제사를 기뻐하시느니라."

정태성은 기업활동의 이익을 신神을 기쁘게 하는 데 썼으며, X-마스 찹쌀떡 선물은 가난한 아이들의 허기를 채워주는 오병이어의 기적이었고, '댕그렁 댕그렁' 예배당 종소리는 마음이 가난한 봉화 사람들에게 안식安息을 주었다.

경찰 순직비

1949년 6월 17일은 봉화 청년들이 공비들의 총탄에 희생된 날이다. 1948년 대한민국 정부가 수립되었으나, 남로당 제주도당(김달삼)은 단독정부 수립을 저지하기 위해 5.10선거 방해 무장봉기를 일으켰다. 여수에 주둔하던 국방경비대 14연대에게 제주진압을 명령하였으나 군軍 내부의 남로당은 동족을 향해 총부리를 겨눌 수 없다는 신념으로 파병을 거부하고 반란을 일으켰다.

남로당 제주도당책 김달삼(제주대정중학교 사회과 교사)은 제주를 탈출하여 8월 21일부터 황해도 해주에서 열린 북한정권수립을 위한 인민대표자대회에서 '제주4·3투쟁보고'하고, 유격대 300명을 이끌고 남하하여 태백산지구 제3군단(김달삼 부대)은 일월산과 보현산에 본부를 설치하였다.

1949년 6월 17일 재산면사무소와 경찰지서가 무장공비들에게 점거되었다는 급보를 받고, 지용호池龍浩 봉화경찰서장은 경찰관 20명과 군청 직원, 대한청년단원 30명의 토벌대를 인솔, 현지로 출동하던 중 봉성면 미륵재에서 공비 200여 명으로부터 기습적인 포위 공격을

받아 7명이 전사 하는 등 전멸 위기에 처하자,

"내가 봉화경찰서장이다. 나는 죽어도 좋으니 처자식이 있는 다른 사람들은 살려 보내시오."

지용호 서장은 부하들은 돌려보낼 것을 주장하며 자신은 공비들의 흉탄에 희생되었다.

가족, 친구, 고장, 조국 등 타인을 위하여 자기의 목숨을 버리면 이보다 더 큰 사랑이 없다고 하지만, 그때 희생된 경찰 가족들은 고통 속에서 살아가야 했다.

봉화군과 경우회 봉화군지회에서 故지용호 서장의 호국충절과 고귀한 희생정신을 기리기 위해 순직비와 동상을 건립하고 해마다 추모행사를 하고 있다.

보릿고개

1950년 6.25의 발발로 국군은 후퇴하고 피난민들은 남쪽으로 몰려갔다. 봉화역은 피난민들의 종착역이었다.

일제에 수탈당하고 전쟁을 피해 유리걸식하던 피난민들은 보리가 패기도 전에 보릿고개를 미처 넘지 못하고 허기져 쓰러져 갔다.

봄물이 오른 소나무의 껍질을 벗겨 먹기도 하고, 양조장 아래기(아랑)에 사카린(saccharin)을 타서 먹고 얼굴이 발갛게 술이 오른 아이들이 비틀거리며 학교에 갔다.

강 건너 보밑 들판은 봉화 사람들의 전장田匠이었다. 겨울에도 눈서리 바람에 보리가 파랗게 엎드렸다가 5월이면 누렇게 익어간다. 내성리와 보밑 들판 사이를 흐르는 내성천은 내성奈城을 둘러 싼 해자垓字였으며, 허기진 사람들이 넘지 못하고 쓰러진 보릿고개였다.

서간집書簡集 〈사랑하였으므로 행복하였네라〉의 저자 이영도李永道 시인은 〈맥령麥嶺〉에서 '한 끼 건너기가 강물보다 어렵다.'고 해방 이듬해의 굶주렸던 보릿고개의 비극을 읊었다.

다산 정약용丁若鏞도 장기에 귀향 갔을 때 〈장기농가長鬐農歌〉* 詩에서 보릿고개가 마치 태항산[太行]같이 험하다고 할 만큼, 보릿고개는 일반 백성들에게 넘기 힘든 산이었다.

보릿고개 험한 고개 태산같이 험한 고개
단오명절 지나야만 가을이 시작되지.
풋보리죽 한 사발을 그 누가 들고 가서
주사의 대감도 좀 맛보라고 나눠줄까.
못노래는 애절하고 논에 물은 넘실대는데

---

*한국고전번역원. 양홍렬 (역), 1994.

아가가 유별나게 수줍다고 야단이야
하얀 모시 새 적삼에 노란 모시 치마를
장롱 속에 길이 간직 추석 오기만 기다린다네.
부슬부슬 새벽비가 담배 심기 알맞기에
담배 모종 옮겨다가 울밑에다 심는다네.
올봄에는 영양에서 가꾸는 법 따로 배워
금사처럼 만들어 팔아 그로 일년 지내야지.
호박 심어 토실토실 떡잎이 나더니만
밤 사이에 덩굴 뻗어 사립문에 얽혀 있다.
평생토록 수박을 심지 않는 까닭은
아전놈들 트집잡고 시비 걸까 무서워서라네.
크기가 주먹만한 갓 까놓은 병아리들
여리고 노란 털이 깜찍하게 예쁘다네.
어린 딸 공밥 먹는다 말하는 자 누구더뇨,
꼼짝 않고 뜰에 앉아 성난 솔개 보는 것을
어저귀 베어내고 삼밭을 매느라고
늙은 할멈 쑥대머리 밤에야 빗질하고
일찍 자는 첨지를 발로 차 일으키며
풍로에 불 지피고 물레도 고치라네.
상추쌈에 보리밥을 둘둘 싸서 삼키고는
고추장에 파뿌리를 곁들여서 먹는다.
금년에는 넙치마저 구하기가 어려운데

계사년

잡는 족족 말려서 관가에다 바친다네.
송아지가 외밭에 뛰어들지 못하도록
서편 뜰 고무래 옆에 옮겨 매 두었는데,
새벽녘에 이정이 와 코를 뚫어 몰고 가며
동래 하납 배를 챙겨 짐 싣는다 하더라네.
마당을 절반 떼어 배추를 심었는데
벌레가 갉아먹어 구멍이 숭숭 났네.
어찌하면 훈련대 앞 가꾸는 법 배워다가
파초 같은 배추잎을 볼 수가 있을까?
시골사람 꽃이래야 기껏하면 장독 가에
맨드라미 봉선화 그것이 고작이지,
쓸모없는 바다석류 붉기가 불 같기에
늦은 봄날 옮겨다가 객창 앞에다 심었다네.

강물 위를 날으는 꿈

여름의 큰 거랑은 탁류가 강둑을 넘칠 듯이 거센 홍수洪水로 존재〔identity〕를 과시하기도 하지만, 천둥벌거숭이 아이들과 빨래하는 아낙네들의 자유천지가 되었고, 황금들판에 참새 떼 지어 날고 만산홍엽에 은어와 피라미가 거슬러 오르는 가을 저녁, 강물 위로 희망의 추석 달이 두둥실 떠오른다. 북풍한설을 몰고 온 현명玄冥(동장군)을 막아서서 살신성인殺身成仁의 겨울 강은 얼음장 밑으로 흐르는 외화내정外化內貞의 덕德을 지닌 큰 거랑이다.

내성천의 사계四季는 원형이정元亨利貞의 자연의 순환이며, 남녀노소 평등하게 베풀어지는 인의예지仁義禮智의 순리順理의 큰 거랑이다. 큰 거랑은 봉화 사람들에게 생명을 주고 삶을 풍요롭게 하면서도 바라는 것 없이 흘러가는 어머니의 강이다.

호골산虎骨山은 언제나 검은 그림자를 강물에 담그고 엄숙하지만, 그의 품안은 너그럽고 따뜻했다. 내성천이 호골산에 막혀 맴돌다 흐르는 개평開平들에 살았던 한 소년은 마을 앞 내성천에서 멱 감고 강변 모래톱에 누워 모래처럼 많은 별을 헤었고, 은어처럼 물길을 거슬러 오르던 소년은 호골산에서 내성천 위를 가로질러 하늘을 날아다니는 꿈을 꾸었다.

그는 대구에서 대학을 나온 후 건설업을 시작하여 부산 송도 해수욕장 위로 갈매기처럼 날아다니는 케이블카 BUSAN AIR CRUISE와 해운대 마린시티에 80층 해운대 두산위브 더 제니스를 건설하였으며, 경기도 시흥 시화호반에 세계 최대 규모의 인공 서핑 복합 리조트 시흥 웨이브파크를 추진하고 있다.

과학자 괴담의 후예

하늘을 떠받치는 헤라클레스처럼 내성천을 막아선 호골산은 내면 깊숙이 여리고 슬픈 사슴을 품고 있다. 호골산 골짜기 유루골〔幼鹿〕 마을의 갱장각羹牆閣은 입향조 홍해 裵씨 14세손 배삼근裵三根을 추모하는 사당이며, 마을 초입의 '쌍절세향雙節世鄕' 마을 표지석과 마을의 '쌍절려각雙節閭閣'은 임진왜란 때 배삼근의 맏아들 배인길이 용궁전투에서 전사하자, 그의 처가 지아비를 따라서 순절한 충렬忠烈을 기린 것이다.

괴담槐潭 배상열裵相說은 천문관측기구인 '선기옥형璿璣玉衡(혼천의)'을 비롯해 천문, 수리, 경학 등 다방면에서 업적을 남기고 31세의 젊은 나이에 생을 마감했다. 괴담槐潭은 대산大山 이상정李象靖에게 역학易學을 배운 뒤 천문·지리·율여律呂(자연의 순환법칙)를 깊이 연구하여 《도학육도道學六圖》, 《서계쇄록書計鎖錄》, 《괴담유고槐潭遺稿》 등의 많은 천문·수학·성리학 저술을 남겼다.

《서계쇄록書計瑣錄》은 한글 자모字母의 배열 및 초·중·종성의 구조와 수학의 구구단 승법 및 분수의 약분·통분·과분課分, 가배加倍·

측고원심도測高遠深度·양전量田·양퇴적量堆積·역법曆法 등 수학數學의 원리를 기술하였으며, 《괴담유고槐潭遺稿》는 경서의 내용을 해설한 독서차록讀書箚錄과 이기혼융理氣渾融·이오분합二五分合·천지만물조화·심해만화心該萬化·인사물리人事物理·위학용공爲學用功을 도표로 작성하여 천명天命의 근원과 인사人事의 도덕 및 수양방법을 밝힌 도학육도道學六圖를 논술하였다.

《괴담유고槐潭遺稿》의 서문은 영양 주실의 조술도趙述道가 썼으며, 봉화 바래미의 김한동金翰東의 지誌와 영주 노곡리 두곡杜谷의 황용한黃龍漢의 발문跋文을 엮었는데, 이들은 배상열과 함께 대산 이상정의 문인이다.

유루골〔幼鹿〕마을의 '녹동이사鹿洞里社'는 괴담을 배향하는 서원과 같은 공간이며, 괴담 종택의 연못 근처 '직방당直方塘'은 괴담이 해시계를 설치하여 관찰하던 '일영대日影臺'이다.

괴담槐潭의 후손답게 독학으로 국가고시에 합격하고 30여 종의 신기술 특허 인증을 받은 사업가가 있다. 그는 봉화초등학교를 졸업하고 중학교 진학을 못하고 중고등학교 검정고시를 준비하였다. 호골산 나무를 팔아서 대구까지 가는 여비는 마련했으나 돌아오는 여비가 없었다. 검정고시에 통과하고 상운면사무소를 시작으로 부산지방 조달청과 국세청 시험에 합격하였다.

그는 아는 만큼 보인다는 것을 깨닫고, '여조삭비如鳥數飛'의 자세로 방송통신대학교와 부산대학원을 수료하고 국세청에 근무하던 중 1980년 신군부가 들어서자 의원면직하고 기계수입상을 시작하면서 세계 최고의 유압 회사인 독일의 렉스로스와 합작으로 유압기계 생산, 공장 자동화 회사를 설립하였다. 히트 파이프 개발, 세계 최초 LED TV 방열판 개발, 스마트폰 방열, 전기 자동차 배터리 방열, 5G 통신 기기의 방열 등 첨단 기술을 개발하였다.

초등교육만으로 세계적 문호文豪가 된 셰익스피어처럼 독학으로 국가 공무원으로, 외국합작기업 회장으로 변신을 거듭하며, 선출직인 '한국기계공업협동조합연합회' 회장을 2회 연임하였다.

범들이 들판

내성천은 호골산을 휘돌아, 천상川上에서 멀고 먼 세상으로 여행을 시작한다. 물은 흐르면서 물길이 바뀌고 침식과 퇴적을 거듭하지만 자연의 순리에 맞게 유동하면서 사람들의 삶 속으로 흐른다. 내성 시내를 벗어난 내성천은 호골산을 비껴 돌아 흐르면서 들판을 만들었다. 호골산이 품은 들녘이어서 호평虎坪(범들이)이라고 한다. 범들이 내성천 강둑의 느티나무·왕버들·회화나무 그늘에 버들치·모래

무지·참마자·피라미·동사리·붕어·은어가 모래 위를 흐르는 물살을 거슬러 몰려다니고, 하얀 모래톱에 물결이 찰랑이었는데, 지금은 그 많던 모래톱은 보이지 않았다.

범들이 강변길에서 호평 마을로 들어섰다. 마을 초입의 그라운드 골프장에 노인들이 골프를 즐기고 있었다. 자전거를 세워놓고 벤치에 앉아서 골프경기를 관전했다. 웃고 담소하며 즐기는 모습은 푸른 초장에 한가로이 풀을 뜯는 羊들로 보였다. 나는 틈을 보아 이 마을의 정자가 있는 곳을 물었다.

눌재訥齋 이홍준李弘準의 후손이 건립한 외영당畏影堂이 마을 회관 뒷산 언덕 위에서 소나무 사이로 펼쳐지는 들녘과 그 너머 유유히 흐르는 내성천을 내려다보고 있었다. 외영당의 당호는 송재 이우李堣 공이 퇴계 형제들을 위해 지은 詩 〈외영당畏影堂〉에서 따온 것이며, 외영당이 무너진 후 1930년 경에 경모정敬慕亭을 지었다. '용재慵齋·눌재訥齋'라 쓴 작은 현판이 벽에 붙어 있었다.

용재慵齋 이종준李宗準은 1498년 무오사화 때 김종직의 문인으로 몰려서 함경도 부령으로 귀양 도중에 마곡역을 지나다가, 송나라 이사중李師中이 바른말 하다 귀양가는 당개唐介를 송별하는,

'외로운 신하의 충성을 그 누가 알겠는가.' 孤忠自許衆下與

詩 한 수를 벽에 써 놓고 갔다. 이 율시律詩를 함경도관찰사 이승건이 조정에 알리자, 연산은 그가 왕을 헐뜯고 농간하였다 하여 압송

도중에 이종준은 국문을 심하게 당하여 생을 마쳤다.

충신은 충신을 낳고, 폭군은 폭군을 낳는다. 조카를 죽이고 왕위를 찬탈한 세조의 증손자 연산은 아버지 성종의 후궁의 모함으로 생모 尹씨가 사사賜死되었다고 해서 자기 손으로 아버지의 후궁을 죽여 산야에 버렸고 조모 인수대비仁粹大妃를 구타하여 죽게 하였다.

1498년 김일손이 사초에 삽입한 김종직의 조의제문弔義帝文이 세조가 단종으로부터 왕위를 빼앗은 일을 비방한 것이라 하여, 연산은 이미 죽은 김종직을 부관참시하고, 김일손·권오복 등은 세조를 무록誣錄(속이다)한 죄로 죽이고, 정여창·강겸 등은 난을 고하지 않은 죄로, 김굉필·이종준李宗準 등은 김종직의 제자로서 붕당을 이루어 조의제문의 《성종실록》 삽입을 방조한 죄로 귀양 보냈다. 아, 인간이 어찌 이렇게 악할 수 있을까.

김종직 문하에서 이종준과 함께 공부한 생육신 추강秋江 남효온南孝溫이 〈빗속에서 이중균李仲鈞을 생각하며〉 詩를 읊었다. 仲鈞은 이종준의 자이다.

> 중균은 나의 유익한 벗이니 나와 이별하여 하늘 끝에 있네.
> 이 빗속에 응당 말을 타고서 미친 듯 괴롭게 시구 찾겠지.
>
> 仲鈞吾益友 別我在天涯 此雨應騎馬 淸狂苦覓詩

용재 이종준이 억울하게 죽은 후, 그의 아우 눌재 이홍준이 안동시

서후면 검제 마을에서 봉화읍 석평리 범들이로 옮겨왔다.

'용재慵齋·눌재訥齋' 형제는 송재 이우李堣의 처남이며, 퇴계 이황의 어머니 춘천 박씨의 외숙부이기도 하다.

눌재 이홍준이 내성현 범들이에 정착한 시기는 무오사화戊午士禍 이후로 그는 봉화의 선비들과 〈내성동약奈城洞約〉을 제정하고 후학을 지도하였다.

1537년 모재 김안국은 사림파들의 《소학小學》운동에 적극적으로 힘썼으며, 향약鄕約(조선시대 향촌사회의 자치규약)을 통해서 성리학을 실천학문으로 발전시켰다. 퇴계가 〈향입약조서鄕立約條序〉를 작성하여 예안에서 향약을 실시한 것도 모재의 〈여주향약〉에서 비롯된 것이다.

이홍준의 《용재눌재유고慵齋訥齋遺稿》에 〈동약洞約〉이란 제목으로 수록되어 있다. 눌재는 「동약서洞約序」에,

> "(…) 저쪽에 잘못이 있으면 내가 규정하고, 자신에게 잘못이 있으면 저쪽에서 바로잡아주어 다시 잘못이 없게 하니, 이는 동중에서 서로 권면勸勉하는 의義이다. (…) 만일 규정하고 충고해도 이를 소홀히 여기며 회개함이 없는 자나, 동약을 지키지 않으며 남에게 이기는 것을 좋아하는 자는 자제와 함께 쫒아내어 자손들에게 귀감龜鑑되게 하고, 동중의 사람들은 한 몸이 되어 시행해야 될 것이다."

〈내성동약奈城洞約〉이 작성된 것은 1537년의 〈여주향약〉보다 앞선 1498년(무오사화)과 그의 몰년沒年인 1504년 사이로 추정된다.

눌재의 종중과 범들이 동약洞約이있으나 17세기를 전후하여 내성奈城의 선비들에 의해 새로 중수한 「추설약조」는 약조約條, 벌조罰條, 금집하인조禁戢下人條가 모두 20개조로 수록되었다.

〈내성동약奈城洞約〉은 1716년 동계洞契, 사약社約으로 불렸으며, 덕업상권德業相勸에서는 善을 보면 반드시 행하고, 과실을 들으면 반드시 고치며, 가정을 다스리고 부모를 섬김은 당연하다.

과실상규過失相規는 후박두송酗博鬪訟(술 주정, 도박, 싸움, 誣告), 행지유월行止踰越(예에 어긋나고 법을 어기는 자), 행불공손行不恭遜(어른을 모욕하거나 아랫사람을 능멸하는 자), 언불충신言不忠信(모략, 배반, 헛된 말로 事端을 일으키는 자), 조언무훼造言誣毁(다른 사람의 지난 잘못을 희롱하며 이야기하는 자),영사태심營私太甚(다른 사람과 교역함에 자신의 이익을 위해 남에게 해를 끼치는 자, 약한 자를 侵虐하는 자)

예속상교禮俗相交는 존유배행尊幼輩行, 조청배읍造請拜揖(손님을 뵙고 拜揖하는 절차), 청소영송請召迎送(청하여 대접하는 예절).

환난상휼患難相恤은 수재나 화재, 도둑 당했을 때, 질병이 있을 때, 喪을 당했을 때, 나이 어린 고아가 있을 때, 무고한 일을 당했을 때, 궁핍하게 되었을 때, 도와주는 원칙이다.

1876년 다시 한 번 새롭게 제정된 「사약일통」에는, 1876년 삼계서원에서 개최되었던 독약회讀約會 기록이 있어, 이 시기 동약 시행의 추이를 살펴볼 수가 있다.

「사약일통」에 수록된 「독약강회시회문」은 1876년 윤5월 14일 삼계서원 회의 때 권세연權世淵에 의해 작성되었다.

> "우리 현의 동약사계洞約社契는 눌재 李선생께서 전에 이를 창설하였고, 뒤이어 하당荷唐, 창설재蒼雪齋, 귀애龜厓, 눌은訥隱 선생이 이를 계승하였으니, 향리 안에는 규조가 질서 있고 조리 있었으며 준조樽俎의 사이에는 예법의 엄정함이 있었다.
>
> 8월 30일에 우리 고을의 유림들이 모이니 180여 명이나 되었다. 안동의 만대헌晩對軒의 권정하權靖夏도 노구를 이끌고 왔다. 독약회는 삼계서원의 누각이었던 관물루터 동정東庭에서 열렸다."

성균관 대사성, 류숭조

호평虎坪(범들이)에서 내성천을 건너면 영동선 봉화역이 자리한 솔안〔松內〕 마을이 있다. 이 마을의 환수정還水亭 정자는 1512년 성균관 대사성이던 류숭조柳崇祖 선생이 황해도 감사로 임명되었으나 갑자기 세상을 뜨자 그를 기리기 위하여 그의 후손이 내성천 자라바위에 환수정을 건립하고, 그 이듬해 1513년 퇴계의 숙부 송재 이우李堣 공이 환수정기還水亭記를 지었다.

「내성乃城은 현이 작고 부에서는 멀며 영주와 봉화가 닿는 곳에 끼어 있다. 풍속이 순박하고 백성들은 기뻐하며 반기니 힘을 맡기기에 편리하다. 정자는 작고 제도가 간략하여 번거롭지 않아 자재를 다듬고 짓기 한 달이 지나지 않아 깨끗하고 아름다운 정자가 되었다. 물이 갈라져 흘러 사방에 고라를 만들어 잔잔하다가 우렁찬 소리를 치며, 혹은 거문고나 비파의 소리가 되기도 하고, 혹은 바람이 몰아치며 울부짖는 것 같기도 하다. 뛰는 물결과 산산이 부서지는 물방울은 빈창에 뿌려지기도 한다.

비록 여름의 경치이나 장마와 찌는 듯한 더위에 답답한 사람의 가슴을 녹여 얼음 창고나 눈구덩이 속에 들어가도 그보다 더 시원하고 상쾌하지 않을 것이다. 이는 마치 지조 높은 사람이나 신선이 사는 곳과 방불하다.

멀리 바라보는 경치는 '청산이 서북쪽에서 지느러미를 묶고 눈썹을 검게 칠하여 누웠다 일어나니 곧 소백산이요, 산이 나뉘어져 남으로 튀어나와 뭉쳐지고 벗기어 잘라져 척추가 되는 것은 죽령이고, 구름이 걷히고 안개의 장막이 나타나서 은은히 하늘 끝에서 보이는 것은 학가산이다. 용개가 동쪽에서 우뚝 솟고 문수산이 북을 누르는데 양 산을 끼고 중간에 웅거한 것은 태백이다……'」

내성천은 제방을 쌓기 전에는 자연하천이었으며, 제방〔堡〕을 쌓으면서 생긴 마을이 보밑 마을이다. 환수정은 내성천 보堡를 쌓기 전에 솔안 마을 앞 내성천 강가에 있었으나, 어느 해 큰 홍수에 유실되었다. 지금부터 100여 년 전에 후손 류범규柳範珪가 솔안 마을 안으로 다시 옮겨지었으며, 정자 옆에는 류숭조 선생의 위패를 모신 존덕사尊德祠가 있다.

학봉 김성일의 누이는 전주 柳씨 무실(水谷) 입향조 류성柳城의 아내가 되었는데, 그가 일찍 죽게 되자 학봉은 조카들을 직접 가르쳐 그의 후손들이 무실·박실(朴谷)·한들(大坪)·맛재(馬嶺)·고랫골(高川) 예안 삼산에 세거하여 번성하고 과신과 문한이 이어져 안동 지방의 명문가로 성장하였다.

학봉의 막내 여동생은 전주 柳씨 란瀾의 아내가 되었다. 류란柳瀾은 류숭조柳崇祖의 증손자이고, 경기도 여주에서 봉화로 이거한 류형柳炯의 아들이다. 류란柳瀾은 처가가 있는 내앞에 정착하여 류인영을 비롯하여 4남 4녀 중에 손자 셋이 문과에 급제하였고, 예부좌랑을 지낸 이우당二愚堂 권환權奐을 사위로 맞이하였다.

류란柳瀾의 7대 주손 동작東綽이 후사가 없어 봉화에 살던 방계손 류성추柳星樞가 그 뒤를 잇게 되면서 이들의 근거지가 봉화로 다시 옮겨지게 되었다.

2002 월드컵 당시 세계인의 주목을 받았던 서울 상암월드컵축구장은 쓰레기더미 난지도를 탈바꿈시켜 관중석 약 65,000석 규모의 전용구장과 보조경기장, 그리고 75개의 멤버십 방이 있이, 월드집 대회가 끝난 후에는 10여 개의 중·대형 영화관과 5,000평 규모의 할인매점, 수영장을 포함한 실내 스포츠 시설은 물론 쇼핑 및 전문 식당가가 운영되고 있다. 이 월드컵 경기장을 설계한 건축가는 봉화 환수정에서 어린 시절을 보내면서 해ㅅ등뫼에서 연날리고 석천에서 피라미 잡던 류숭조의 후손이다.

플라스틱 연금술사

솔안(松內) 마을에서 영주 방향으로 500m의 국도 연변에 의성 金씨 바래미 마을의 고택들이 마을의 품격을 말해주고 있다.

백제 의자왕의 왕자 여풍장余豊璋의 후손으로, 바래미에 입향한 의령 余씨 여홍렬·여성렬 형제의 유덕을 기리는 경체정景棣亭이 있으나 그의 후손들은 몇 가구만 남아있고, 지금은 의성 金씨 집성촌이다. 범들이에 살던 의성 金씨 일족들이 내성천을 건너서 바래미 마을(海底)에 터를 잡은 팔오헌 김성구의 후손들이 대를 이어 살고 있다.

의성 金씨 시조 김석金錫은 신라 마지막 임금인 경순왕의 넷째 아들이고, 그의 어머니는 고려 태조 왕건의 딸이다. 김석은 고려 초에 의성義城을 식읍으로 하사받고 의성군義城君에 봉해졌다. 의성 김씨를 문소 金씨라고도 하는데, 부족국가 조문국이 의성에 있었기 때문이다.

의성 金씨가 봉화를 포함한 안동지방에 정착하게 된 것은 1363년(공민왕12)의 흥왕사의 변(무신 김용이 공민왕 살해 미수 사건) 때 당시 문예부좌사윤 의성 김씨 김태권金台權이 순직한 뒤 그의 아들 김거두金居斗가 화를 피하여 외가外家가 있는 안동 풍산으로 내려왔다. 김거두의 어머니가 충렬공 김방경金方慶의 증손녀이며, 김거두의 아내가 문화 柳씨 대언 총總의 딸이다. 김방경의 마을은 풍산이요 류총柳總은 하회 마을이다.

봉화의 의성 金씨 바래미 마을은 내성천이 달빛에 비단을 널어놓은 형국(浣沙明月)이다. 마을 동쪽에서 흘러든 내성천은 활모양으로 휘어지며 마을 앞을 지나 서쪽으로 빠져나가고 강을 따라 병풍처럼 둘러쳐진 앞산이 멀리서 마을의 정면을 감싸고 있어 봉화의 내앞 마을이다.

성주星州 대가면 칠봉리 사도실思道室의 문정공文貞公 동강東岡 김우옹金宇顒의 12대손 김호림은 봉화읍 해저리 김지영의 둘째 아들이었다. 1864년 동강의 후손 사서沙棲 김형직金馨直은 그의 아들 김도

형이 자식 없이 일찍 세상을 떠나자, 동강의 중형仲兄 김우굉金友宏의 후손인 하강下岡 김호림金護林을 손자로 맞아들여 대를 잇게 하였다. 월강月岡 김남수金南粹 이후로 자주 대가 끊어졌다가 이어지니 출세하지 못해 끼니를 잇지 못할 정도로 가난하였으나, 동강東岡의 종가로서의 명망은 여전히 유지하고 있었다.

김호림은 동강東岡의 종손宗孫으로 부끄럽지 않게 처신하려고 애썼다. 1870년대 상경하여 기호학파의 종장 성재性齋 허전許傳을 만나고, 정재定齋 유치명柳致明의 제자인 대유학자 성주 월항면 한계마을의 한주寒州 이진상李震相에게 나아가 학문을 닦았다.

김호림의 아들 심산心山 김창숙金昌淑이 일제의 감시를 피하여 봉화 바래미의 만회고택에서 고종황제의 밀서密書 '파리장서巴里長書'를 초안하였다. 김창숙이 이 〈파리장서巴里長書〉를 가지고 상하이에 가서 파리평화회의에 우송하였다. 이것이 발각되어 곽종석·하용제·김복한 등은 감옥에서 순국하였다. 〈파리장서巴里長書〉를 비밀리에 작성한 바래미는 역사의 시·공간에서 대한독립 운동의 장場이 되었다.

나는 자전거를 타고 학록서당을 중심으로 윗마을 만회고택과 토향고택, 아랫마을 김건영 가옥, 해와고택, 남호구택, 소강고택, 개암종택, 팔오헌종택… 역사를 산책하듯 바래미 아래·윗동네 골목길을 돌았다. 그 골목길에서 새벽 안갯속을 달려가, 열차편으로 보내오는 신문을 받아서 집집마다 배달하던 한 중학생이 생각났다.

그 소년은 고등학교에 진학할 수 없었으며, 도회지의 고등학교 진학은 꿈도 꾸지 못했다. 봉화 애육원 정태중 원장의 추천으로 부산의 성창목재 부설 성지공업고등학교에 진학하였다. 그러나 고아가 아닌 것이 학교에 알려지면서 학교를 그만둘 수밖에 없었다.

다행히 구덕운동장 뒤편 구덕산 기슭의 L화원에 들어갈 수 있었다. L화원 근처의 K야간고등학교에 등록하였다. 부산에서 농장 일꾼이 된 것은 공부가 목적이었기 때문이다. 권투선수 '모하마드 알리'는 백인 주인이 노예에게 붙여 준 '캐시어스 클레이'로 불리었듯이, 그는 할아버지가 지어준 이름 대신 '철한'이로 통했다. 주인집 딸 '은경'이는 제가 필요할 때면, 코맹맹이 소리로 '한이 오빠'라 불렀다.

구덕산 꽃동네 오르는 길에 벚꽃이 화사하게 피던 4월 어느 날, 그는 주인집 딸 도시락을 들고 부민동에 있는 B 여고를 찾아갔다. 막상 여학교에 남학생이 들어가기가 뭣해서 주저했다. 도시락을 전해주지 않으면 점심을 굶을 테니, '오늘만은 오빠 행세를 해야지.'

교실 뒷문이 '드르르' 열리는 소리에 한두 학생이 뒤를 돌아보더니 '킥킥' 소리를 내자, 모든 학생들이 돌아봤다. 교실 안을 두리번거려서 앞쪽에 앉아 있는 '은경'이를 겨우 찾은 그는 친오빠처럼 손을 흔들며 굵직한 소리로 불렀다.

"얘, 경아야!"

은경이는 한 번 힐끔 돌아보고 머뭇거리더니, 그에게로 와서 도시락을 낚아채 싹 돌아서서 제자리로 갔다. 자기가 뭔데 오빠 행세를 하느냐는 투였다.

"오빠, 오빠……."

교실을 빠져나오는 그의 등 뒤에서 여학생들이 책상을 두드리면서 연호했다. 여학생들의 눈에는 여드름투성이 얼굴에 색이 바랜 야간학교 교복, 둥둥 걷어 올린 바짓가랑이, 헐렁한 슬리퍼 차림의 몰골이 채플린만큼이나 우스꽝스럽게 보였을 것이다.

'쪽 팔려서, 원.'

자신과 같은 나이 또래 여학생들의 놀림감이 된 모멸감에 얼굴이 화끈거렸다. 저물어가는 구덕산 언덕에 쭈그리고 앉았다. 언덕 아래 가로등이 하나둘 불을 밝히기 시작했다. 멀리 영도의 전등 불빛이 파란 하늘에 보석처럼 반짝였다. 누구나 오롯이 혼자일 때, 자신의 진면목眞面目을 반추할 수 있다.

'참판 댁 손자가 계집아이의 몸종 노릇을 하다니.'

베데스다 못가에 수많은 병자들이 누워 물의 움직임을 기다리는 것은, 천사가 내려와 물을 움직이게 한 후에 먼저 들어가는 자는 어떤 병이든지 낫게 됨이라. 걷지 못하는 자가 걸을 수 있을지 확신이 없이 '자리에서 일어나는 것'은 자신이 누리던 기득권, 즉 거적때기를 포기해야 하고, 장차 어떻게 살아가야 할지를 고민해야 한다.

철한은 그 병자의 거적때기같이 숙식이 보장되는 따뜻한 L 화원을 뛰쳐나오기는 했지만, 막상 갈 곳이 없었다. 그는 숙식을 걱정하지 않는 머슴보다 가난한 자유인을 택했다. 부산의 산동네는 6.25 피난민이 몰리면서 생겨난 서민들의 원초적 생활공간이다. 그날 밤부터 구덕산 암자의 헛간에 둥지를 틀었다. 맨 바닥에 가마니를 깔고 누워서 잠을 청했지만 생각이 고향을 헤맸다.

이튿날부터, 일자리를 찾아서 다녔다. 배고픈 그의 눈에 식당 진열대의 먹음직스런 음식차림만 보이고 일자리는 보이지 않았다. 부산 시내를 헤매 다닌 지 여러 날이 지난 후 서면 부속 가게 뒷골목의 한 플라스틱 가공공장에 일자리를 얻었다. 화장품을 담는 플라스틱 용기 공장이었다. 비록 작은 공장이었지만 밤늦도록 일했다.

공장 주인은 그를 믿고 모든 것을 맡겼다. 그는 그곳에서 플라스틱의 메커니즘(mechanism)을 보았다. 양철통이나 사기그릇에 비해서 그 쓰임이 광범위할 뿐 아니라, 생산과정이나 기구가 간단하기 때문에 소자본으로도 사업이 가능하다는 점에 착안하여 플라스틱업을 자신의 비전(Vision)으로 정했다.

2017년 11월 28일 제6회 플라스틱산업의 날 기념행사가 서울 소공동 롯데호텔에서 열렸다. 플라스틱산업인 300여 명이 참석한 이 행사는 한국플라스틱공업협동조합 연합회 회장이 주관하였다.

봉화의 신문배달 소년이 농장의 일꾼 '김철한'으로, 플라스틱 연금술사로, 그리고 한국플라스틱공업협동조합 연합회 회장으로 변신變身을 거듭한 것이다.

퇴계는 〈매화梅花〉 詩에서 '한 해 봄꽃을 보고 꽃에 관해 가벼이 논하지 말라(一春花事未暇論).'라 하였다. 신문배달 소년이 한국플라스틱 산업의 주역이 되었고, 나무꾼 소년이 독학으로 대학원까지 졸업하여 외국합작기업 회장으로 변신을 거듭하였으며, 해ㅅ등뫼에서 연날리던 소년이 서울월드컵 경기장을 설계한 건축가가 되었다.

격정의 강물

쌍매당雙梅堂 이첨李詹이 물의 근본[原水]을 논한 글에서,

「물의 성질은 아래로 스며드는 것이다. 물이 땅 밑에 있을 때는 비록 잠복하여 괴어 있으나 땅 위에 나오게 되면, 유동하기도 하고 가득 차기도 해서, 그 이치에 따라 변하는 것을 보게 된다. 사람이 물을 안다는 것은 보이는 것에만 국한되고, 그 보이지 않는 것에 대해서는

어둡다.」

쌍매당은 물의 근원을 인간 세상에 비유하여, 외모와 언변으로 사람을 취하고, 그 마음의 곡직曲直에는 근본하지 않으니, 물이 흐르는 것만 알고 근원은 알지 못함과 같다고 하였다.

호골산이 내성천을 막아서 물길을 역류하게 하여 모래톱을 쌓게 한 것은 지세地勢이기도 하지만, 아마도 인재人才의 힘도 작용한 것 같다.

내성천이 호골산을 돌아 나오면 그때부터 유유히 직류하면서 좌측에 범들을, 우측의 보밑 들녘에 넉넉하게 관수灌水하면서 서쪽으로 흘러가고, 강둑길은 범들이 끝까지 뻗어있고, 봉화역으로 건너는 다리가 걸쳐져 있어서 자전거로 이동하기에 좋은 길이다. 내성천은 가끔 범람하지만, 범들이와 보밑 들판을 적당하게 기름지게 하여 아기에게 젖을 먹이듯이 곡식을 풍성하게 키웠다.

물안개 피어오르는 새벽 강가에 서면 새로운 기운이 솟고, 햇볕 반짝이는 여울물에 은어가 살찌고, 별이 쏟아져 내리는 강둑길을 걸으면 강물은 소리도 없이 다가와 위무慰撫한다.

나는 저녁 강물을 따라서 내성천 강둑으로 자전거 페달을 천천히 밟았다. 들판 저 멀리 영동선 봉화역이 어둠 속에 가물거렸다. 그때 밤기차가 '철거덕 철거덕' 금속성을 지르면서 레일 위로 굼실거리고 있었다.

자전거를 멈추고 열차를 지켜보았다. 열차가 봉화역을 출발하여 바래미 마을 앞을 지나 산모롱이를 돌아서 꼬리를 감출 때까지 지켜보았다. 열차는 점점 작아지디니 어둠 속으로 사라져 갔다. 시야에서 사라진 열차는 기억 속으로 다시 되돌아왔다.

준儁은 비너스(Venus)와 내성천 강둑길을 걸었다. 눈 내리던 날 입대한 후 첫 만남이었으니, 그는 객지를 떠돌다 회귀回歸한 한 마리 외로운 연어요, 그네는 연어를 품어주는 모천母川이었다.

달빛을 머금은 물결이 잔잔히 흐르고, 가슴에는 은하수가 강물처럼 흘렀다. 그저 강둑을 함께 걷는 것만으로도 좋았다. 새하얀 백사장 너머 호골산이 푸르스름하게 다가왔다. 비너스의 숨결이 귓가에 느껴졌다. 그때 기적汽笛과 동시에 철교의 '철거덕 철거덕' 소리가 천둥소리로 들리는 순간, 유곡 터널을 빠져나온 열차가 내성천 철교를 건너고 있었다. 가슴에 흐르던 은하수는 산산이 부서져 파편이 되어 흩어졌다.

준儁은 신병훈련에서 단련된 몸이 반사적으로 강둑에서 논바닥으로 펄쩍 뛰어내렸고, 어둠 속에 반짝이는 봉화역 시그널을 향해 들판을 뛰었다. 열차는 레일 위를 달리고 준儁은 장애물이 질펀한 논바닥을 헤치며 달렸다. 준儁과 열차가 공격할 고지는 봉화역驛이었다. 신병新兵에게 주어진 외출은 순간瞬間이었고, 부대까지 너무 멀었으며, 그 길은 내일來日을 보장할 수 없는 길이었다.

갑자기 귀가 멍해지면서 온 사방이 조용해졌다. 호골산도 숨죽이고 강물도 흐름을 멈추는 순간, 봉화역이 준에게로 다가왔다.

워터루 다리(Waterloo Bridge)에서 우연히 만난 로이(Roy) 대위와 발레리나(ballerina) 마이라(Myra)가 결혼식을 올리려던 날, 로이는 급히 전방으로 떠날 수밖에 없었다. 전쟁은 치열했고 로이의 생사를 알 수 없었다. 실종 기사를 읽은 마이라는 삶의 의지를 잃고 방황하게 된다. 그들은 다시 만났으나, 운명의 장난(the irony of fate)은 비극으로 몰아갔다.

준雋이 전장에서 돌아왔을 때, 비너스(Venus)는 산 너머로 사라지고, 저녁 강물은 숨을 죽이고 안으로 흘렀다.

천상병千祥炳 시인의 〈강물〉*에는 인생이 있고 우주가 있다.

첫째 연과 마지막 연이 서로 바뀐 것처럼 뒤집혀 있는 것은 인생의 아이러니(irony)이다.

강물이 모두 바다로 흐르는 그 까닭은
언덕에 서서
내가

---

* 천상병, 요놈 요놈 요 이쁜놈, 도서출판 답게, 1998.

온종일 울었다는 그 까닭만은 아니다.

밤새
언덕에 서서
해바라기처럼 그리움에 피던
그 까닭만은 아니다.

언덕에 서서
내가
짐승처럼 서러움에 울고 있는 그 까닭은
강물이 모두 바다로만 흐르는 그 까닭만은 아니다.

시인이 짐승처럼 서러움에 울고 있는 그 까닭은 알 수 없지만, 그가 언덕에 서서 온종일 울었다는 것만은 확실하다.

시간은 강물처럼 흘러갔다. 격정의 강물은 과거에 이어 있으면서 미래로 흐른다. 내성천은 이미 어제의 강이 아니다.

세상에서 변하지 않는 것이 있을까…….

변화가 쌓이면 역사가 된다.

6. 봉화 아리랑

소백산 마구령에서

마구령 고갯마루에서 부석사 방향으로 자전거를 타고 내려가는 내리막길은 급경사이지만 굽이굽이 고갯길의 숲 사이로 간간이 멀리 영주, 부석, 단산 일대가 내려다보인다.

소백산맥을 넘는 고갯길은 등산로가 무수히 많지만, 대중교통로인 죽령·문경새재·추풍령은 옛날부터 한양과 영남을 통하는 관도로서 관리와 선비들이 넘나들었다.

마구령馬駒嶺(820m)은 부석면 남대리에서 영월군 김삿갓면으로 오가는 장사꾼들이 말을 몰고 다녔던 고갯길로서 경사가 심해 논을 매는 것처럼 힘들다 하여 '(논)매기재'라고도 불린다. 남대리에서 부석까지 30리 고갯길을 무거운 등짐을 지고 좁다란 고갯길을 힘들게 오르면 굽이마다 하늘이고, 뒤로 물러서면 깎아지른 벼랑이다. 단양과 영월 사람들이 산나물과 약초 등을 짊어지고 주막거리를 지나 마구령을 넘어 소천장을 다녔다.

부석면 임곡리에서 마구령 너머 남대리까지 약 12km의 고갯길을 3.03km의 터널을 뚫고, 단산면 옥대리에서 마구령 너머 부석면 남대리를 잇는 10.45km 구간의 마구령에 터널이 뚫리면 소백산 수림지대를 굽이굽이 돌아내리면서 볼 수 있는 마구령의 아름다운 정취는 산악등반의 차지가 된다. 자전거를 힘들게 비벼 올렸다가 마구령 고갯마루에서 페달 한 번 밟지 않고 바람을 가르면서 돌아 내려가는 속도감의 스릴(thrill)은 직접 체험하지 않고 말로 표현할 수 없다.

가을의 마구령길은 구절초와 쑥부쟁이들이 단풍과 어울려 부석사 앞 십리 은행나무 숲길로 이어지고, 우수수 가을바람에 낙엽이 깔렸다가 눈이 풀풀 날리기 시작하면 소백산은 순백의 옷으로 갈아입고 포근한 적요寂寥의 동면으로 빠져든다.

봉황산 부석사에서 세상 속으로 들어오면 첫 번째 닿는 곳이 부석면의 면소재지 소천리이다. 소천韶川의 명칭은 황해도관찰사를 지낸 정옥鄭玉의 호 우천牛川의 소 우(牛)자에서 '소'자를 따고, 내 천(川)자에서 '천'자를 따 '소천'이라는 한글식 이름을 사용했는데, 1914년 행정구역을 개편할 때 지역의 상징인 봉황산을 지명에 반영하면서 '봉황은 풍류를 좋아한다.'에 착안하여, '풍류 이름 韶'자를 한글 '소'자로 번안하여 소천韶川이란 한자이름을 갖게 됐다.

우천 정옥鄭玉은 약포藥圃 정탁鄭琢의 5대손이다. 약포藥圃 선

생의 맏며느리인 하동 鄭씨가 남편(윤저允著)이 일찍 세상을 떠나자, 계자 시영時榮을 데리고 두들마에 첫 터전을 마련하니, 이때가 1580년경이다. 약포의 맏아들 윤저允著의 후손들이 두들마에 세거해 왔다.

1914년 소천리가 부석면의 소재지가 되었으며, 1919년 부석초등학교와 면사무소 주변, 그리고 낙하암천 남쪽에 소천장이 서기 시작하여 소천장날이면 봉화 물야면뿐 아니라, 마구령 고개 너머의 와석리, 의풍리, 남대리의 강원, 충청, 경상도 삼도三道 도민道民들이 마구령을 넘어왔으며, 울진 보부상들이 울진에서 십이령을 넘어 소천장까지 왔으며, 면사무소 앞을 중심으로 장이 섰고, 개울가에는 소전이 열리기도 했다.

하암동천

소천에서 남쪽으로 2km 지점의 우곡愚谷마을(우수골)은 임곡천 냇가 바위에 '하암동천霞巖洞天'이라 새기고 '노을이 아름다운 마을'이라 했다. 황한충黃漢忠이 우계愚溪 냇가에 양성정養性亭 정자를 짓고 스스로 호를 우수愚叟(어리석은 늙은이)라 하니, 세상 사람들이 그가 사는 마을을 우수동愚叟洞이라 하였다.

우곡리(우수골) 남쪽을 흐르면서 낙하암천落霞巖川으로 불리게 된다. 낙하암천 건너 숲속에 명암정이 있다. 1570년경 손흥경孫興慶이 도산에서 물러나와 영주 북쪽 명암鳴巖 아래 냇가 바위 위에 이 정자를 짓고 자신의 호를 따 '명암정鳴巖亭'이라 하였다. 1592년 임진왜란이 일어나자 의병을 일으켜 만취당 김개국을 의병장으로 삼아 곽재우 장군을 도왔다.

수사水沙는 북에서 남으로 흐르는 낙하암천이 마을 앞에 이르러 물이 깊고 모래 또한 많이 쌓이는 곳이라고 하여 '수사水沙'라고 부르게 되었다. 정자마을은 회고대 옆에 정자가 있었다는데 유래하여, '정자마을'이라고 부른다. 솔안[松內]은 마을 주위에 수령 수백 년 된 노송들이 송림松林을 이루어 마을을 감싸고 있다 하여 '솔안'이라 불렀다고 한다.

낙하암천을 따라서 형성된 수사마을, 정자마을, 도탄, 솔안을 통틀어 도탄이라 부르기도 한다. 도탄挑灘은 시내가 돌여울을 이루어 흐른다 하여 석탄石灘 또는 돌탄이라 부르다가 도탄이 되었다고 한다.

매학당梅鶴堂 김선金鐥은 도탄마을의 입향조이며, 그가 건립한 매학당은 매화와 학의 집이란 뜻으로, 당시에도 백로가 노니는 마을이었음이 정자 이름에 잘 나타나 있다.

고산孤山 위에 있던 매학당은 화재로 없어졌으나 1674년(숙종 15)

경에 증손 행추行秋가 문단文丹의 사암蛇巖(뱀바우)으로 옮겨 중건하였다.

대마산 영모암에서 흘러온 계류가 감곡교에서 낙하암천으로 흘러든다. 감곡甘谷이란 지명은 감실마을 앞에 '감호鑑湖'라는 못(池)이 있었는데 사람들은 풍년농사를 기원하며 못에 물이 가득 차기를 하늘에 빌었다. 도봉道蜂은 마을 양편에 산봉우리가 여럿 늘어서 있고, 굽이굽이 산허리를 돌아 그 가운데로 길이 있는 마을이라 하여 도봉이다. 조선 초에 송함宋涵이 이곳을 개척하여 도부랑桃浮浪이라고 부르게 되었는데, 조선조 말엽에 와서 도봉道峯이라 개칭했다.

마을 뒷산에 '영모암'이란 큰 암자가 있었는데, 안상이 영천(옛 영주)군수로 부임하여 선조(안영유, 안향의 조부)의 묘소를 참배하고 영모암永慕庵이란 재사齋舍를 지은 후 마을 이름이 영모암이 됐다.

감곡리 국모봉 동쪽 기슭에 세거해 온 야성 宋씨는 선조 때 송함宋涵이 1560년경 영주 광승에서 옮겨와 터전을 열었다. 조선 성종 때 좌리공신에 책록된 송윤宋綸의 아들 진사 송석충宋碩忠이 1498년(연산군 4) 무오사화가 일어나 교유하던 인물들이 화를 입자 광승에 은둔하였다. 그 후손들이 영주에 뿌리를 내려 크게 번성하였으며, 도봉의 야성 송씨도 그 한 갈래이다.

신라와 고구려가 대치할 당시 고구려 군사가 과현(마근대미재,진우재)을 넘어 신라 땅 영주를 침공했을 때 말〔馬〕을 조련했던 장소로 추정하는 곳이다.

취사炊沙 이여빈李汝馪은 도촌 이수영의 4대손으로 도촌에서 태어났다. 정인홍과 이이첨이 국정을 문란하게 하므로 나아가지 않았다. 1614년 옥사가 일어나 이이첨과 정인홍이 폐비를 주장하자, 위험을 무릅쓰고 옳지 못함을 상소하고 7일 동안 합문閤門 앞에 엎드려서 간하였으나 받아들여지지 않았다. 1715년(숙종 41) 도계서원道溪書院에 제향 되었다. 1600년경 취사 이여빈은 은둔의 의미로 나무에 기대어 집을 지었다는 인수정因樹亭은 감실마을 동쪽 냇가에 건립하였으며, 백은당白隱堂은 취사의 현손 백은당白隱堂 이진만이 건립한 서재書齋이다.

소백산 마구령에서 발원하여 부석면 임곡리와 북지리 등, 소백산 남쪽 기슭의 골짜기에서 모인 낙하암천은 부석면 감곡리에서 동쪽으로 조금 몸을 틀어 봉화의 화천마을 앞으로 흘러든다.

화천리에서 낙하암천은 봉화의 물야면 압동리와 수식리를 거쳐 흘러온 행계천과 화천리의 구만서원 앞에서 만나서 도촌으로 남류한다.

꽃내 마을

화천리는 낙화암천의 좌·우로 골내(꽃내)·화천리·본리 등 촌락이 형성되었는데, 화천리의 중심은 골내(꽃내)이다. 이 마을에는 조선 중종시대에 무안 박씨 박전의 부인 신안 朱씨가 현몽을 받고 찾아들어 자리를 잡았다. 몽화각은 신안 朱씨의 후손들이 할머니를 기려서 지은 집이다. 신안朱씨의 꿈에서 본대로 붉은 꽃이 피는 곳에 자리를 잡았는데, 이 마을 뒷산은 봄이 되면 붉은 꽃으로 뒤덮이고, 그 꽃잎이 떨어지면 마을 앞을 흐르는 냇물은 온통 꽃잎으로 뒤덮였다고 하여 골내(花川, 꽃내)라고 하였다.

골내(花川, 꽃내) 마을은 영양英陽의 남몽오南夢鰲가 처음 살았고, 봉화 琴씨와 안동 權씨가 함께 어울려 살았는데, 박선장朴善長이 어린 시절에 어머니를 따라 와서 살면서 무안 朴씨가 집성촌을 이루고 살고 있다.

「몽화각기」에는 송파 박전 가문이 영해 단구丹丘에 세거했다고 적혀 있다. 朱씨 부인은 남편을 여의고 나서 아이를 데리고 화천리로 입향하였다. 아들 박선장朴善長은, 당시 나이 8세였다.

수서水西 박선장朴善長은 4세 때 아버지를 여의고, 10세 때 그의 외가인 영주로 내려와 장인 남몽오南夢鰲의 문하에서 수학하였다. 1605년 51세의 늦은 나이에 증광 별시에 급제하여 성균관 전적이 되었으며, 1608년 예안 현감禮安縣監, 1614년 경상 도사慶尙都事 등을 역임하였다. 한시 〈박박전가薄薄田歌〉와 시조 〈오륜가五倫歌〉가 있으며, 저서로는 이들 작품이 수록된 문집《수서집水西集》이 있다.

골내(花川) 남쪽의 사재沙堤 마을은 1450년경에 도촌挑村 이수형李秀亨이 개척한 마을로서 그 후손 우계이씨羽溪李氏들의 집성촌이며, 그가 벼슬을 버리고 초야에 묻혀 산다고 하여 무릉도원이라 부르다가 도촌挑村이 도학을 숭상하였다 하여 도지미道知味라 고쳐 불렀다.

골내(花川, 꽃내)에서 남쪽으로 흘러온 낙하암천과 내성천이 주위를 흐르고 있어서 사재, 섶밭, 음평, 율리목 등은 곡식이 잘 자라지만, 어느 해 낙화 암천이 수해로 범람하여 마을이 온통 모래로 뒤덮혀 주민들이 모래로 제방을 막고 큰비가 오면 모래제방을 근심하였다 하여 사제沙堤로 불리어지게 되었다고 한다.

사제 마을

도계서원道溪書院은 1610년(광해군 2)에 창건되었으며 도촌桃村 이수형李秀亨의 학덕을 추모하기 위해 창건하여 위패를 모셨다.

김담金淡의 사위 도촌桃村은 계유정란 때 단종이 세조에게 양위하자 벼슬을 버리고 도촌으로 낙향하였다. 1456년 단종이 영월로 유배되자, 치악산 정상에 올라 다시는 벼슬길에 나가지 않을 것을 굳게 맹세하고 바위에 이름을 새기고 내려왔다.

1457년 단종이 사사되자, 도촌은 산으로 들어가 툇마루를 벽으로 길게 막아 문을 열면 오직 북쪽만을 내다볼 수 있도록 지어졌다. 북쪽에만 창문을 낸 것은 단종의 능이 영월에 있었기 때문이라고 한다. 방의 동남쪽 벽은 2개의 엇창살을 만들어 채광만 가능하고 사람 통행은 불가능하도록 하였고, 북쪽 벽은 종이로 앞에 놓인 마루를 가리게 하고 중간에 문을 만들어 사람이 출입할 수 있도록 하였으며, 마루 또한 동서는 모두 벽으로 둘러막아 방에서는 오직 북쪽의 먼 산만을 볼 수 있게 했는데, 이는 모두 장릉莊陵(단종릉)이 있는 영월 방향을 항상 바라보고자 하는 일념에서 비롯된 것이다.

도촌桃村은 평생 이 집에 머물며 단종이 머물고 있던 영월 쪽을 바라보았다고 전해진다. 단종의 3년상을 마친 후, 조석으로 단종릉을 향해 곡을 하였다.

도촌桃村은 한양에서 태어났으며 18세에 문과에 급제하여 20세에 이미 벼슬길에 나아가 5품직을 받았다. 21세 되던 해 평시서령平市署令이라는 직위에 있을 때 세조가 왕위를 찬탈하자 벼슬을 사직하고 생육신의 일원들인 관란觀瀾, 원호元昊, 어계漁溪, 조려趙旅와 함께 단종을 향한 충절의 징표로 원주치악산에 있는 바위에 각자의 이름을 새기고는 장인 문절공 김담金淡의 고향인 순흥 도지리道知里(봉화읍 도촌리)로 이주하여 은거하였다. 세조는 어려서부터 친한 사이라 식물과 전답을 내리고, 통훈대부의 벼슬에 등용하려 하였으나 절의로 모두 거절하였다. 1477년(성종 2) 직첩이 다시 내려졌으나, 역시 받지 않았다. 일평생 단종을 추모하며 은거하다가 1528년(중종 23) 94세에 세상을 떴다.

도촌桃村은 무릉도원武陵桃源에서 아호를 취하여 호를 도촌이라 하였고, 이광정李光庭이 공북헌拱北軒이라 현판을 달고 유기를 남겼으며, 권두경權斗經이 행장을 썼다. 사재沙齋 마을에는, 도촌桃村이 손수 심은 괴화나무가 그가 세상을 뜰 때 자연 고사되었다가 단종이 복위되자 다시 소생되었다는 전설이 전한다.

우계牛溪의 손자 이성직李成稷이 봉화 현감이 되었다. 갑술년 양전할 때 그는 친히 전답에 나아가 산간벽지까지도 모조리 조사하여 장

부를 올렸더니, 균전사均田使는 물리치고 받지 않았다.

“토질이 척박한 하하下下의 전지를 어떻게 결수를 더 늘릴 수 있겠습니까? 군이 늘리기만 한다면 이른바 고르게 한다는 일이 아닙니다. 백성이 무슨 죄가 있습니까?”

이성직李成稷이 굽히지 않자, 균전사가 이를 따랐다.

섶밭新田 뒷산의 사령당 봉수대는 1594년(선조 27)에 안집사安集使 김륵金玏의 건의로 새로 설치되었다. 봉수지기들이 봉화불에 사용할 땔감을 마련하여 나르고 또 섶을 만들어 사용하였다 하여 섶밭이라 한다. 사령당沙郎堂(사령댕이) 마을은 죽청정竹淸亭 김학연金學淵의 후손이 와서 살았다.

꽃내 포구, 화포

낙하암천은 골내(花川, 꽃내)에서 물야 압결과 수식마을에서 흘러온 계류와 합수하여 도촌으로 남류하여 내성천과 만난다.

골내(花川)마을에는 일찍이 사과 농원이 있었다. 봉화읍에서 골내 가는 길은 사제沙堤 마을을 지나야 한다.

“소금을 쌓아놓은 듯 온통 하얀 모래강변을 지나서 골내로 들어가면 발갛게 익은 사과가 골짜기 가득 주렁주렁 달렸더라."

준儁이 8살 때 쯤 둘째 형과 그 친구들을 따라갔던 그 과수원의 기억을 되살려서, 언젠가 나와 같이 그곳에 가자고 했지만, 나는 꿈같은 이야기로만 흘려들었었다.

낙하암천과 행계천이 휘돌아 나가는 골내는 골짜기의 바람과 햇볕과 시냇물이 온 산에 꽃을 피우고 발갛게 익은 과일을 주렁주렁 달리게 하니, 신안 朱씨 할머니가 꿈에서 본대로 봄이 되면 붉은 꽃으로 뒤덮이고, 그 꽃잎이 떨어지면 마을 앞을 흐르는 냇물에 꽃잎이 떠내려간다는 말은 꿈이 아니라 현실이다.

온혜, 온정, 온양 등의 지명이 온천을 의미하듯이, 꽃내는 이름처럼 꽃잎이 강물에 떠내려가는 무릉도원이 틀림없다.

내성천은 강변에 숲과 모래톱을 이루고 꽃잎을 강물에 떠내려 보내지만, 가끔 홍수가 질 때는 홍수를 감당하지 못하고 강둑이 터지거나 범람하여 큰 수해를 일으키기도 한다.

낙하암천에 복숭아 꽃잎이 떠내려가서 내성천과 합류 지점이 도촌이다. 도촌에서 내성천 건너편의 신례마을은 어느 해 홍수로 온 동네가 물바다가 된 후 봉화읍 신례마을 사람들은 강 건너 영주시 이산면 신암리로 옮겨 살게 되었다.

꽃내가 내성천에 합류하는 영동선 문단역 앞 원구마을은 남양洪

씨와 진성 李씨의 집성촌이다. 문단은 순흥도호부 시절의 파문단破文丹으로 사암(뱀바우), 문단, 조동槽洞, 원구院丘, 요산腰山, 건정巾正, 적덕赤德, 소지蘇知 등 12 문단(수민단)이라 일컫는다.

퇴계의 넷째 형 온계溫溪 이해李瀣의 아들이 아버지가 귀양길에 세상을 떠난 후 외가가 있던 이산면 말암리로 가족을 데리고 옮겨와 살았다. 그 후손들이 이산과 문단 일대에 자리를 잡았다.

1564년 12월 15일 조카 교寯가 일찍이 자신의 외가 원암촌遠巖村(영주시 이산면 신암리)에 작은 집을 지었고, 처자를 데리고 그곳에 가서 살려고 떠날 예정이었다. 김취려金就礪, 금난수琴蘭秀, 맏손자 안도安道가 모두 詩를 지어서 송별送別하기에, 퇴계는 詩 〈외가 원암촌으로 떠나는 조카 교에게 경계한다.(侄子寯曾於外家遠巖村有小築今將携妻子往依而精聞遠及安道孫皆有詩送之余亦次韻示警)〉를 지어 주었다.

1564년 이교李寯가 가족을 데리고 이 마을에 입향하였으며, 그 후손들이 문단·신례·신암 등 봉화읍 문단과 영주군 이산면 일대에 번성하였다.

삼한산두

문단의 원구 마을에 충정공 홍익한 충렬비忠正公洪翼漢忠烈碑가 있다. 병자호란 때 청나라와의 화의를 끝까지 반대한 오달제吳達濟·윤집尹集을 비롯한 삼학사 중 한 사람인 홍익한洪翼漢을 기리는 비석이다.

1624년 홍익한洪翼漢이 동지사의 서장관으로 명나라에 다녀온 일기를 묶은 《항해조천록航海朝天錄》은 시대는 다르지만 연암 박지원의 《열하일기》에 버금가는 기행문으로 가치가 높다.

화포花浦 홍익한洪翼漢은 〈조천항해록서朝天航海錄序〉에,

"명나라 천계天啓 4년 1624년(인조 2) 4월에 조정에서 첨지중추부사 권계權啓를 성절 겸 동지사聖節兼冬至使로 삼아 북경에 보낼 때, 나는 사헌부 감찰로서 서장관[下价]에 충원되었다."

성절 겸 동지사로서 정사正使 이덕형李德泂 부사副使 오숙吳䎘과 서장관으로 명나라에 다녀오면서, 1624년 7월 3일부터 1625년 4월까지 10여 개월의 일기를 연도(年)를 기준으로 분권하였다.

《사행록 권1》에는 주로 북경에 이르기까지의 경로와 해안 지방의 이색적인 생활 습속, 자연 경관을 주로 실었다.

《사행록 권2》에는 북경에 들어가 동지사 일행과 같이 정조하례正朝賀禮를 행하던 일, 인조의 준봉准封을 허락 받기 위해 여러 차례 정문呈文을 올리던 일 등을 기록하였다.

홍익한은 서장관에 임명되었다가 앞서 가던 주청사 서장관 채유후蔡裕後의 발병으로 인해 주청사奏請使 서장관이 되었다.

당시 사행의 임무는 인조 반정 이후 인조의 준봉准封을 허락받기 위해 고명誥命(황제의 임명장)과 면복冕服(왕의 법복)을 주청하고 조선 책봉사册封使 파견 받는데 목적이 있었다.

대부분의 사행록과 달리 육로가 아닌 해로의 사행록이라는 점이 특이하다. 평안도 정주 선사포宣沙浦를 출발해 가도椵島에서 도독 모문룡毛文龍을 만나고, 광록도廣鹿島·장산도長山島를 경유해 등주登州에 상륙한 다음, 지난濟南을 거쳐 북경으로 향하였다.

11월 12일 동지冬至에 중국의 황제가 하늘에 올리는 교제郊祭는 설날 조회〔熙朝樂事〕의 다음 가는 큰 행사였다.

여명黎明에 천자가 황극문皇極門에 납시니 온화한 용안龍顔을 지척에서 뵈었으며, 1만 관원이 추창하여 검패劍佩 소리가 쟁쟁하고 여섯 필의 준마駿馬가 옹위하여 의장儀仗이 정제하였는데, 다만 색이 바래고 화려하지 않은 것이 모두 오래된 물건이었다.

반열班列의 뒤에는 상로象輅 2승乘이 황금과 황수단黃繡緞으로 꾸몄고, 큰 코끼리 네 마리는 금안金鞍을 갖추고 홍담紅毯으로 덮었으며, 또 네 마리는 금수레에 멍에를 메웠다. 수레의 제도는 위가 둥글고 아래는 모났으며, 채색 수繡와 아로새긴 난간이 찬란하여 눈이 부셨다. 수종하는 노복들은 모두 홍금의紅錦衣를 입고 금화주金花冑를 썼으며, 나아가고 물러가는 범절이 익숙하였다.

좌우에는 금쇄갑金鎖甲을 입고 창을 가진 위사衛士들이 몇 겹으로 나열해 있었으며 홍려鴻臚와 춘관春官이 서로 경계하니, 모두 두려워하고 공경하여 감히 떠들고 실례하는 자가 없었다.

세 번 신호信號 소리에 천자가 친림하매 일시에 사배四拜하고 부복하였다가 일어났다. 춘관春官이 다시 창唱하기를,

"해가 동쪽에서 나오매, 빛이 사방에 퍼져 만국을 비쳤도다.(日出卯光四表照萬方)" 하니, 여러 관원이 일제히 무릎을 꿇고 서반序班이 좌우에 나눠 서서 의식을 지시하였다.

멀리서 바라보니 옥좌玉座 앞에 고족상高足牀이 놓여 있고 황색 비단보로 덮었는데, 시신侍臣 한 사람이 앞에 나아가 단정히 서서 표表를 읽으니, 그 소리가 크고 맑아 밖에까지 들려왔다.

춘관이 또 도무蹈舞를 창하고 '삼호 만세三呼萬歲'를 창하니, 여러 관원들이 도무하고 만세를 삼창한 후 사배한 뒤에 편鞭을 세 번 울리자, 여러 관원들이 부복하고 일어나 물러나오니, 북합北閤이 벌써 닫혀 있었다.

동지 축제는 대륙의 웅지雄志를 엿볼 수 있으나, 명나라 관리들의 치사한 사익비리私益非理에 사신들이 시달렸다.

"인정에 쓸 은자와 인삼이 벌써 바닥이 났으니, 본국에 역관을 보내어 은자 2,000여 냥과 인삼 30여 근을 가져와 각부各部에 인정을 쓴 후에 출발할 수밖에 없다."

임진왜란의 재조지은再造之恩의 입장에서 숙부의 왕위를 찬탈한 인조가 준봉准封 받기 위해서는 뇌물은 문제가 되지 않았다.

광해군은 명·청 교체기의 국제 현실에서 균형 있는 중립외교를 펼쳐 조선의 안보를 유지하려 했다. 1613년 광해군은 왕위를 위협하던 영창대군 세력을 제거하고, 인목대비를 경운궁에 연금시키는 계축옥사癸丑獄事를 일으키고, 대북파가 정권을 장악하였다.

1623년 김류金瑬·이귀李貴·최명길崔鳴吉 등 서인 세력이 정변을 일으켜 광해군을 몰아내고 능양군綾陽君 이종李倧을 왕으로 옹립하였다.

1624년 반정공신 이괄李适이 공훈에 불만을 품고 반란을 일으켜 인조가 공주로 피난할 정도로 왕권의 기반은 허약하였다. 홍익한은 광해군 때의 난정亂政에 출사出仕를 미루다가 공주행재정시문과公州行在庭試文科에 장원급제하여, 사서司書를 거쳐 장령掌令이 되었다.

홍익한과 동지사 일행은 갖은 고초를 겪으면서 임무를 마치고 돌아왔으나, 간원諫院의 탄핵을 받아 삭탈·관직 당했다가 복직했다. 인조의 준봉准封은 명나라 예부상서 임요유林堯兪와 모문룡 사이의 갈등이 있었고, 관직삭탈은 은銀 분실과 국법을 어긴 것이 문제가 되었다.

홍익한은 《항해조천록航海朝天錄》 후서後敍에, "천계 4년 7월 초가을에, 한 조각배를 타고 바다를 건너 삼척검三尺劍을 띠고 경사京師를 관광했네. 바다에는 풍랑이 험악하고 육지에는 큰 고을이 연달았는데, 산뜻한 행장行裝은 필마匹馬와 편주扁舟로다."

명·청 교체기에 중립외교로 조선의 안보를 유지하려던 광해군에 반대하여 반정을 일으킨 인조와 서인西人 일파들은 청나라의 침입을 초래한 것이다. 요동을 정벌한 청淸이 사대事大를 요구했을 뿐인데, 이를 거절한 대가로는 피해가 너무 컸다.

퇴계는 '일본과의 강화와 병란에 대비할 것'(1545년 7월 27일)에서 외적과 군신관계를 고집하면 전쟁을 초래할 것이라고 했다.

"외적과 군신관계를 고집한다면 오랑캐의 성질을 거슬리게 하는 결과를 초래하여 치지 않으면 물려고 할 것이니, 다스리지 않는 법으로 다스리는 것이 바로 깊이 다스리는 것입니다."

인조는 자신의 왕위 보존을 위하여 전쟁을 초래하였을 뿐 아니라, 조선이 일본보다 먼저 굴기崛起할 수 있는 천기天機를 놓쳤다.

갑오년

소현세자昭顯世子는 청나라 고위 인사들과 우호적인 관계를 유지하여 조선인 포로의 속환贖還 문제를 처리하였으며, 특히 독일의 예수회 선교사이며 천문학자인 아담 샬(Adam Schall)과 교류하며 서학西學의 보급에 강한 의지가 있었다.

후금後金이 내몽고를 복속시키고 '황제'라 칭하고, 국호를 '청淸'이라 하였다. 1636년 청장 용골대龍骨大가 우리나라에 '군신의君臣義'를 강요하였다. 화포 홍익한은 청나라 사신의 목을 베어버리기를 강력히 주장하였다. 인조가 남한산성으로 피난을 결정하던 날, 최명길崔鳴吉은 책임을 홍익한에게 물어서, 사지死地나 다름없는 청군이 지나는 길목에 그를 보냈다.

"척화를 주장하여 청의 침략을 초래한 자는 홍익한이니, 지금의 서로지임西路之任(서쪽의 임무)은 그 말고 누구이겠는가?"

최명길은 홍익한을 평양 서윤庶尹에 임명하여 사지死地로 내몰았다. 홍익한은 사지死地인 줄 알면서도 단기필마로 적진을 뚫고 달려 20일 만에 평양에 당도하니, 관속이며 군사들이 다 흩어져 달아나고 민심은 흉흉하기 그지없었다.

왕이 항복하고 두 왕자와 화의에 반대한 신하를 잡아 보내라는 청의 요구를 거절한 그는 평양 두리도豆里島에서 심양으로 압송된 후, 끝내 굽히지 않고 청장 용골대에게 호통을 쳤다.

"작년 봄에 네가 우리나라에 왔을 때 상소를 올려 너의 머리를 베자고 청한 것은 나 한 사람뿐이다."

"척화斥和에 앞장섰으면, 우리 군사가 나갔을 때 어째서 싸우지 않고 사로잡혀 이 꼴이 되었느냐?"

"내게 있는 것은 다만 대의大義뿐이오. 성패와 존망은 논할 바 아니오. 만일 우리 백성 모두가 나의 뜻과 같다면, 그대의 나라는 벌써 망했을 것이오. 나는 죽더라도 나의 피를 당신의 전고戰鼓에 바르고 넋은 날아 고국으로 돌아가 노닌다면 이보다 상쾌한 일이 또 있겠소. 어서 빨리 죽기만을 바랄 뿐이오."

홍익한은 갖은 협박과 유혹에도 끝내 굽히지 않다가 죽임을 당하였다. 그를 처형한 장소나 매장한 곳도 확실치 않아, 시신을 구하지 못해 그가 심양에서 입고 있던 의관을 그의 부인 양천 許씨와 경기도 평택시 팽성읍 본정리에 합장하고, 그의 충성과 공적을 기리는 신도비를 세웠다.

화포 홍익한의 《화포집花浦集》은 《북행록北行錄》과 《서정록西征錄》을 합본한 것이다. 《서정록》은 구련성九連城에서 청나라 군대와 싸운 전황을 당시 의주부윤 임경업이 기록(1636년 12월 11일부터 1637년 1월 6일까지)한 것이며, 《북행록》은 홍익한이 청나라와의 화의를 반대하여 심양으로 압송된 일기(1637년 2월 12일부터 2월 25일까지)이다.

홍익한의 《화포집花浦集》은 《심양장계瀋陽狀啓》와 함께 병자호란 당시의 상황을 파악할 수 있는 기록으로 사료적 가치가 크다.

중국 요령성 심양의 요령발해전수학원 교정에 '삼한산두三韓山斗' 비석이 있다. 청 태종은 조선에서 심양으로 끌고 온 인질들에게 온갖 고문으로 청에 충성할 것을 회유하였으나, 홍익한·오달제·윤집 3학사는 끝내 충성을 거부하며 죽기를 자청했다.

청 태종은 이들을 처형하면서도 삼학사의 절의에 감탄하여,

"나도 저런 신하들이 있었으면 좋겠다."

그 뜻을 기리는 비를 세워 자기 신하들에게 귀감이 되게 했다. 삼한三韓은 조선을, '산두山斗'는 '태산처럼 높고 북두칠성 같이 빛나는 충절'을 뜻한다. 항복을 거부하는 적국의 신하에게 주는 청 태종의 최고의 찬사였다.

"항복하면 살려주겠지만, 항복하지 않으면 죽이겠다."

청태종의 호통에 조선왕 인조는 죽음을 면하기 위하여, 한 번 무릎 꿇을 때마다 세 번 머리를 땅에 대고 조아리기를 세 번 무릎을 꿇는 '삼궤구고두三跪九叩頭'의 예를 올렸다는 내용의 '삼전도비三田度碑'가 서울 잠실 석촌 호반에 세워져 있다.

'삼전도비문三田度碑文'은 청나라에 항복하게 된 경위와 '청 태종의 공덕을 칭송'하는 내용을 이경석이 짓고 도총관 오준이 썼다. 비석 앞면 왼쪽은 몽골 글자, 오른쪽은 만주 글자, 비석 뒷면은 한자가 각각 새겨져 있어 세계 역사상 유례없는 항복문서이다. 글을 지은 이경석李景奭은 글을 배운 것을 후회했고, 오준吳竣은 자신의 오른손을 돌로 짓이겨 다시는 글을 쓰지 않았다고 한다.

1895년 고종은 이 '삼전도비'를 땅에 묻었으나, 1913년 일제는 다시 세웠고, 1956년 문교부가 이 비석을 땅에 묻었으나, 1963년 홍수로 다시 드러나, 사적 제101호가 되었다.

1586년생 동갑同甲인 최명길과 홍익한은 주화主和든 척화斥和든 자신의 직분을 다했으나, 인조반정에 앞장 섰던 최명길은 인조 묘정에 배향되지 못한 채 '나라 팔아먹은 사람(竟將國賣人)'으로 낙인 찍혔고, 화포는 '유명조선국학사有明朝鮮國學士 홍공익한洪公翼漢'으로 추앙받았다.

홍습洪霫은 열다섯 살이 되던 해 큰아버지 홍대성洪大成에게 입양되어, 남양南陽 마을로 떠났다. 봉화에서 외지로 유학을 떠난 셈이다. 홍습洪霫은 당시 최고의 문장가인 월사月沙 이정구李廷龜의 문인이 되어 장원급제한 후 익한翼漢으로 개명하였다.

죽장망혜竹杖芒鞋 단표簞瓢 차림으로 문단에서 영동선 열차 로시난테를 타고 승부동천을 여행한 돈키호테(Don Quixote) 홍습洪霫이 바로 삼학사 화포花浦 홍익한洪翼漢이었다.

청나라 태종에게 호통을 친 대로 그의 넋이 날아 고국으로 돌아왔던 것이다. 홍익한이 태어난 안동부 봉화현 문단리의 생가 옆 비각에 '유명有明 조선국학사 홍공익한충렬비洪公翼漢忠烈碑'가 있다.

"나는 죽더라도 나의 피를 당신의 전고戰鼓에 바르고, 넋은 날아 고국으로 돌아가 노닌다면, 이보다 상쾌한 일이 또 있겠소."

예언한 대로 청 태종의 전고는 이 세상에서 영원히 사라졌으나, 화포 홍익한은 불굴의 넋이 되어 고국에 돌아왔다.

블레셋(팔레스타인) 사람들이 삼손의 눈을 빼고 놋줄로 매어서 다곤 신전 두 기둥 사이에 세워서 재주를 부리게 하였더니,

"블레셋 사람과 함께 죽기를 원하노라." 하고, 힘을 다하여 몸을 굽히매, 다곤 신전이 곧 무너져 그 안에 있던 블레셋 방백들을 비롯해서 3,000명에게 덮이니 삼손이 죽을 때에 죽인 자가 살았을 때에 죽인 자보다 더욱 많았다.

신화는 이상理想이므로 있었던 일이 아니요, 있어야 할 일이다.

필사즉생

봉화의 마지막 유학자 만운晩雲 공은 나라가 망하자 명리를 구하지 아니하고 일생 동안 문중의 후학을 가르쳤고, 여가에 원근의 고명들과 교유하여 가끔씩 가벼운 행장으로 청량산에 오르고, 때로는 멀리 관동지방과 서울 등지를 두루 여행하며 누대樓臺에 오르고 한양을 여행하면서 〈한성회고漢城懷古〉에서, 나라를 걱정하여, '눈에 가득한 창밖의 비는 맑게 갬을 상쾌하게 볼 날이 그 언제

이랴.'

漢城秋八月	한성의 추팔월은
百態無前時	온갖 것이 전과 달라졌구나.
禾黍舊都感	곡식이 있던 들은 예전 한성 모습이나
古人先獲之	옛사람이 먼저 거두어 가 버렸고
世敎百家異	세상의 가르침은 사람마다 다르며
時勢六縱橫	세상 형세는 시류에 따라 이리저리 무리 짓누나.
滿目窓外雨	눈에 가득한 창밖의 비는
何日快看晴	맑게 갬을 상쾌하게 볼 날이 그 언제이랴.

* 만운공의 손서孫壻 이창경 역

봉화 사람들은 대대로 농사지어 육신은 고되고 살림은 넉넉하지 않지만, 유학儒學을 몸으로 익혀 집에서 효도하고 밖에 나가서 어른을 공경하고 가문의 명예와 인간의 도리를 지키며 관혼상제의 예를 소중히 여겼다. 시대에 따라 체념하고 산림에 은거하기도 하였지만, 나라가 위기에 처했을 때는 '죽고자 하면 살 것이고, 살고자 하면 죽을 것이라.(必死則生, 必生則死.)'이라는 의지로 분연히 일어나 목숨을 걸고 외세에 항거하였다.

문수산 골짜기 봉성면 와란에 살았던 이관필李觀必은 11살 때 춘양면 도심리로 옮겨가 그의 아버지 이휘준李彙濬이 화전을 일구고 지초

芝草를 캐면서 주경야독晝耕夜讀으로 과거에 급제한 후 고향인 안동 도산으로 돌아갔다.

벼슬길에 오른 아버지는 공직에 복무하느라 서울에서 지냈고, 형 이만교는 독서로 병을 얻어 요양 중이어서 관필은 가난한 집안일을 돌보면서 공부를 게을리하지 않았다. 훗날 후학들에게 이르기를,

"가난하다고 학업을 그만두지 말라. 가난은 나에게 늘 있는 것이오, 배움은 나의 천직이다. 어찌 늘 있는 것으로 말미암아 천직을 폐하겠는가. 이는 뜻이 돈독하지 못하기 때문이다."

14살 때 봉화를 떠났던 이관필李觀必은 25세 때 과거에 장원급제하여 성균관 전적으로 시작하여 양산군수에서 퇴관하였다가 1883년 6월 임오군란이 일어나자, 공조참의에 제수되었으나 부임하지 않고 고향으로 돌아가 퇴계의 묘소 아래의 하계 마을에 백동서당 열었을 때, 1895년 명성왕후 시해사건(을미사변)이 일어나자 선성의진 의병장이 되었고 재산 광덕과 백동서당을 전전하였다.

1905년 을사조약이 늑결勒約되자 '을사조약' 파기와 오적 처단을 요구하는 〈청참오적소請斬五賊疏〉를 올리자, 1907년 10월 일본군이 퇴계 종택에 방화하였다.

「우리가 일본과 교린을 해온 것이 3백 년이나, 이릉二陵의 복수는 반드시 갚아야 합니다. 저들이 믿음의 맹세를 하고 먼저 개항을 청했을 때 막지 못한 것은 평화가 오래 지속되어 풍속이 유약해져 대적할 수 없는 탓도 있지만, 오적이 바깥 세력과 은밀히 손을 잡고 나라를 팔아먹을 모략을 꾸민 탓이기도 합니다. 만고에 없는 변란을 당했으니 원수를 갚을 계책을 꾸며야 하는데 어쩔 수 없다고 체념하는 한심한 작태를 보일 뿐만 아니라, 박제순·이지용·아군택·권중현·이완용 등 오적은 임금을 협박하여 조약을 체결했습니다. 외부外部를 일본으로 옮기는 것은 토지와 인민과 재산이 모두 저 외부에 달렸으니, 결국 나라가 없어지는 일입니다. 저 통감이라는 것은 우리나라의 직책으로 무엇에 해당하는지 모르지만, 황실이 유지될 수 있겠습니까? 나라가 없어질 것입니다. 만국공법에 물어서라도 협박에서 나온 조약은 폐기해야 합니다.」

그는 상소를 올린 뒤 아무런 비답批答을 받지 못하였다.

"병든 신하가 궁궐 계단에 머리를 부수지 못하고 다리를 절면서 글만 던지고 있다. 하늘을 움직일 수 있는 정성이 없으니 비답을 받지 못하는 것이 당연하다. 지은 죄가 극에 달했구나. 어찌 감히 집에서 평소 같이 살 수 있겠는가. 선영 아래 산 채로 묻히는 것이 마땅하다."

1910년 정2품 자헌대부에 올랐으나 8월 경술국치 소식을 듣고 무기력하고 비겁한 처사를 통탄하며, 9월 17일부터 단식에 들어갔다. 향산響山은 임종을 앞두고 탈진해가던 심신을 가다듬고 유시遺詩를 남겼다.

가슴속에 비릿한 피 다 말랐으매
이 마음은 다시금 허명하구나
내일이면 양 어깨에 날개가 생겨
옥경 위로 올라가 소요할 거라네.

수척한 몸 처마 아래 앉으니
냇물 소리 속에 밤은 더욱 깊어만 가네.
모든 이치 비록 맑게 되지는 못하였으나
이치 따라 삶에 절로 마음 편하네.

10월 10일 순국하여 봉화군 재산면 명동에 묻혔다.

관필觀必은 향산響山 이만도李晩燾의 字이다. 향산響山은 18세 때 닭실의 기천杞泉 권승하權承夏의 사위가 되어 처숙부 이재頤齋 권연하權璉夏의 문하에 들어 닭실의 석천정사石泉亭舍에서 글을 익히고 1866년 25세 되던 해 정시문과에 장원급제하였으니, 그의 순국殉國 정신은 봉화의 정신이다.

숙부 광해군을 죽이고 반정으로 왕위를 찬탈하였던 인조가 남한산성에 고립되었다가 삼전도에서 삼궤구고두례三跪九叩頭禮로 목숨을 빌었으나, 화포花浦 홍익한洪翼漢은 오랑캐에게 잡혀 항복을 거부하고 죽음으로써 청의 태종을 감동케 하였다. 그의 영혼은 삼한산두三韓山斗가 되어 고향 봉화로 돌아왔다.

문수산 내린 물이 골내(花川, 꽃내) 포구浦口로 밤낮으로 눈물처럼 흐르는 것은 홍익한의 충성을 못내 슬퍼하노라.

'골내(花川) 포구浦口 삼한산두三韓山斗'는 태산처럼 높고 북두칠성같이 빛나는 봉화의 산두山斗요, 봉화인의 얼이다.

문단 원구院邱(원두들) 마을 골목길을 자전거로 한 바퀴 돌아보았다. 홍익한이 태어나서 15세까지 살았던 옛집〔舊閭〕을 찾아갔더니, 현대식 가옥으로 바뀌어 있었다. 충정공 화포 홍익한의 충렬비는 원구마을 언덕의 비각 안에 있었다. 우암 송시열이 지은 비문에는 '유명조선국 학사 홍공익한 충렬비有明朝鮮國 學士 洪公翼漢 忠烈碑'라고 적혀있었다.

무진

봉화 아리랑

원구마을은 안동의 소산 마을과 닮은 지형이다. 낙동강이 소산에 막히어 화산을 돌아서 하회마을로 흐르듯이, 동쪽에서 흘러온 내성천이 원구마을의 봉수대산에 막히어 물굽이를 틀어서 남류하게 된다. 원구(언덕)는 소산(산)처럼 강물도 흐름을 멈추게 하는 큰 인물이 태어났다.

소백산 마구령에서 발원하여 부석사 앞을 흘러서 수민단壽民丹의 요산腰山을 지나 내성천으로 흘러 들어가는 골내(花川, 꽃내)는 굽이굽이 감도는 모양이 꿰미와 같아 관천串川이라 하였다. 홍익한洪翼漢의 자호自號를 화포花浦라 하였는데, 이는 골내(花川)로 들어가는 포구浦口란 뜻이며, 당시 화포까지 소금배가 드나들었다.

골내의 구만서원龜灣書院에서 글을 읽었으며, 동쪽으로 흐르는 내성천 물버들 강가에서 소먹이고 멱 감고 모래톱에서 씨름하던 옛 동무들을 꿈에도 잊지 못해서, 화포花浦를 호로 지었을 것이다.

내성천의 모래가 줄어들었다고 하지만, 화천에서 흘러내린 모래가 화천포구에 모래톱을 만들어서 물버들이 자라고 있다.

– 넓은 벌 동쪽 끝으로 옛이야기 지즐대는 실개천이 휘돌아 나

가고 얼룩백이 황소가 해설피 금빛 게으른 울음을 우는 곳, 그곳이 참하 꿈엔들 잊힐리야.

정지용의 시 〈향수〉를 흥얼거리면서 강둑을 자전거 페달을 밟았다. 자연하천으로 홍수가 범람하던 모래의 강, 내성천은 강둑에 갇히고 보에 갇힌 순馴한 강물이 좁아진 수로를 따라서 물버들 사이로 흐르고 있었다.

원구에서 영동선 철길 옆 계류를 따라서 쑤안(藪內, 단운) 마을로 들어갔다. 열두 문단 골짜기에서 흘러온 샛강이 내성천으로 들어가는 지점에 늪〔藪〕을 이루었는데 그 안쪽의 마을이라 하여 쑤안〔藪內〕이라 하였다. 쑤안(藪內, 단운)은 창원 黃씨 소단대원수騷壇大元帥 단구丹丘 황창술黃昌述의 마을이다. 단구丹丘는 소과에 5회 합격하고 81세에 진사시에 합격하여, 동부東部 낭관郎官(5품)이 되고 사후에는 가선대부嘉善大夫 호조참판戶曹參判에 증직되었다.

서원마을에 4년제 학교 '문단학술강습회'가 있어 이곳 사람들은 일찍이 신학문을 배울 수 있었다.

아담한 현대식 가옥들로 보아서 삶이 넉넉함을 짐작할 수 있었다. 마을회관에 몇 분의 노인들이 바둑·장기를 두고 있었다.

"황윤경黃潤慶의 가까운 인척은 없으며, 봉화농민회 사건이 있었다는 것을 어른들로부터 전해 들었다."고 했다.

봉화농민회 사건은 조선일보 봉화지국장 황윤경黃潤慶이 일본에서 귀국하여 항일운동을 목적으로 벌인 비밀결사 운동이다.

1928년 3월 10일, 황윤경黃潤慶의 제안으로 대성학원大成學院 동기생인 김창희金昶熙, 권우섭權宇燮, 권차응權次應 등과 함께 경북 봉화청년동맹奉化青年同盟 조직, 1932년 3월경에 비밀결사로 적색농민조합赤色農民組合을 조직하여 황윤경을 책임자로 선출했다.

이후 황윤경의 집에서 여러 차례 모임을 갖고, 유곡리酉谷里 제궁곡濟宮谷에 모여 황윤경의 제의로 일본제국주의를 타파하는 비밀결사를 조직하였다.

닭실 마을의 재궁골에 안동 권씨 재궁 추원재가 있다. 권벌이 양재역벽서 사건으로 귀양지인 삭주에서 죽자, 이곳에 유해를 모시고 재실을 지었다고 한다. 이곳은 일제강점기 당시 일제의 감시를 피해서 봉화의 진보적 청년들의 비밀스런 아지트(agitpunkt)였다.

당시 조선일보 봉화지국장 겸 기자 황윤경黃潤慶의 제안으로 김창희金昶熙, 권우섭權宇燮, 권차응權次應 등이 비밀결사로 농민조합을 조직하여 1928년 3월 10일 추원재에서 문단 출신의 황윤경을 책임자로 선출했다. 일제강점기였던 1930년대 대중운동은 혁명적 노동조합과 혁명적 농민조합이 대중 조직운동으로 전개되었다. 일제는, 이를 적색赤色(빨갱이)이라는 용어를 사용하여 적색농민조합운동이라 했다.

오늘날 민주화를 위해 젊은이들이 독재에 항거하듯이, 당시에 나라 잃고 토지마저 수탈당하고 자유로운 삶을 억압받는 젊은이들이 일제에 저항하고 진보적 사상을 행동으로 옮기는 것은 선택이 아니라 숙명적으로 받아들였을 것이다. 그들은 봉화 대성학원 동문들로서 일본제국주의를 타파하고 신사회의 실현을 목적으로 봉화군 내에 운동의 지도기관인 비밀결사 농민회를 조직하여 활동하다가 유곡의 재궁골에서 일제에 검거 되어서 모진 고문을 당한 후 감옥에 갇혔었다.

1932년 5월 하순, 닭실 재궁곡齋宮谷의 비밀 아지트(추원재)에 모여 황윤경의 제의로 일본제국주의 침탈에서 벗어나고자 사회주의 이념을 수용하여 대중 계몽운동의 지도기관인 비밀결사를 조직하고 사회주의이념을 학습하였다.

1932년 7월 19일, 영주·봉화 적색농민조합 관련 인사 약 80여 명이 일경에 체포되어 10개월간 갖은 고문을 당하며, 1932년 4월 1일에 예심이 종결되고, 20대 전후의 박영발·박홍·이유탁·유진柳袗 등은 조사를 받고 방면되었으나, 그들 중 이유탁은 일본으로 박홍과 박영발은 만주로 갔으며, 이 사건은 훗날 박영발이 지리산 빨치산 전남도당 위원장이 되는 단초가 되었다.

권차응權次應, 권우섭權宇燮, 김창희金昶熙, 김영석은 1933년 12월 22일 대구지방법원에서 소위 치안유지법 위반으로 각각 징역 2년 6월을 선고받았으며, 황윤경은 1933년 12월 22일 징역 3년을 선고받아 대구형무소에서 옥고를 치러야 했다.

황윤경은 1935년 6월 23일 만기 출소일 5개월 앞두고 가출옥한 뒤, 전장田莊을 정리하여 온가족이 만주로 떠났다.

일제는 동양척식회사를 앞세워 산림조합비를 빌미로 조선인의 토지를 수탈했다. 조상의 선산을 빼앗기지 않기 위해 토지를 넘겨야 했다.

황윤경의 뒤를 이어 일제에 수탈당한 양민들이 연이어 살길을 찾아 만주로 떠나면서 〈봉화 아리랑〉(또는 상주 아리랑)이 불리기도 했다.

아리랑 아리랑 아라리요 아리랑 고개를 넘어간다.
괴나리 봇짐을 짊어지고 아리랑고개를 넘어간다.
아리랑 아리랑 아라리요 아리랑고개를 넘어간다.
아버지 어머니 어서와요 북간도 벌판이 좋답디다.
아리랑 아리랑 아라리요 아리랑 고개를 넘어간다.
쓰라린 가슴을 움켜쥐고 백두산 고개로 넘어간다.
아리랑 아리랑 아라리요 아리랑고개를 넘어간다.

아리 아리 쓰리 쓰리 아라리요 아리랑고개를 넘어간다.
문전의 옥토는 어찌되고 쪽박의 신세가 웬말이냐.
아리 아리 쓰리 쓰리 아라리요 아리랑 고개를 넘어간다.
원수로다 원수로다 원수로다 총가진 포수가 원수로다.
아리아리 쓰리쓰리 아라리요 아리랑고개를 넘어간다.
말꽤나 허는 놈 재판소 가고 일 꽤나 허는 놈 공동산 간다.
아리 아리 쓰리 쓰리 아라리요 아리랑 고개를 넘어간다.
아리랑 아리랑 아리요 아리랑 고개를 넘어간다.

아리랑 노랫말 속에 수탈당한 양민들의 아픔이 베어있다.

'괴나리봇짐을 짊어지고 북간도 벌판이 좋다고 쓰라린 가슴을 움켜쥐고 백두산 고개로 넘어간 동포들, 문전의 옥토는 수탈당하고 쪽박신세가 되어 북만주 벌판으로 헤맸다.'

황윤경은 하얼빈에서 동남쪽으로 120㎞ 떨어진 당시 빈강성 쌍성현 애우촌 배음하(現, 헤이룽장성 오상시 배음하)에서 한인 농장을 개척하였다. 러시아와 국경을 마주한 헤이룽장성의 겨울은 1월 평균 최고 -31도로 춥고 길며, 여름은 짧고 평균 강우량은 극히 적은 500-600m의 아한대 기후이다. 무상기일無霜期日이 짧고 강수량이 적은 광활한 벌판이었다.

중국인들은 황무지의 일부만 밭농사를 짓고 살았었다. 벼농사를 짓기 위해 송화강물을 끌어드리자, 중국인들은 극렬하게 저항했다.

황윤경은 중국인들의 반대와 수시로 공격해오는 마적단의 습격에도 굴하지 않고 송화강 강물을 끌어들여서 벼 한 포기 자라지 않던 황무지를 논농사 지대로 만들었다.

오늘날 헤이룽장성 우창五常시 일대의 광활한 평야지대가 세계적 쌀 생산지역으로 알려지고 있다.

애급에 살았던 이스라엘 백성들의 엄청난 인구가 왕권을 위태하게 할까 두려워 파라오는 산파들에게 명령하였다.

"히브리 여인이 해산하는 것을 도와줄 때에, 사타구니를 보고 아들이거든 죽여버리고 딸이거든 살려두어라."

산파들은 파라오가 하라는 대로 하지 않고 사내아이들을 살려주었다. 파라오가 그들을 꾸짖으면 산파들은 '히브리 여인은 기운이 좋아 산파가 가기 전에 아기를 낳아 버린다.'며 둘러댔다.

1944년 겨울, 영하 30도의 송화강에 눈보라 치던 날, 이곳 농장에서 산파도 없이 여인 혼자서 아기를 낳았다. 그 조선 여인은 세 번째 남자 아이를 낳았다.

그 아이의 이름을 준雋이라 하였다.

에덴의 동쪽, 봉화

태백산·구룡산·선달산·문수산·각화산 등 해발 1,000m가 넘는 백두대간의 신령한 산들이 골짜기마다 한강과 낙동강, 내성천의 원류를 품은 봉화는 해가 먼저 떠오르는 한반도의 동쪽에 있어 이른바 「에덴의 동쪽」이다.

하나님이 에덴동산에서 그를 내보내어 에덴동산 동쪽에 그의 근원이 되는 땅을 갈게 하시니라.

모든 땅의 선사先史는 신화이다. 신화는 이상理想이므로 있어야 할 일이다. 봉화 명호에 살았던 송죽재松竹齋 박제형朴齊衡은 세상이 처음 열리던 때를 《후천자문後千字文》詩로 지었다.

乾坤肇判　하늘과 땅이 처음 나뉨에
混沌漸闢　혼돈混沌이 점차 사라지고
査滓淳漓　찌꺼기가 말끔히 정화되어
樞紐胳穆　중심이 조화롭게 어울렸네.

「에덴의 동쪽」은 인간들의 땅이다. 고대 부족국가 '소라국'이 있었던 곳으로, 햇살이 눈부신 춘양春陽은 문수산을 병풍처럼 두르고 운곡천이 들판 가운데로 흐르면서 유역의 농토가 기름지고 주변의 경물景物이 아름다워 사람들이 모여들면서 부족국가를 이루었다. 찬란한 햇빛과 따뜻한 바람이 시원한 물과 어우러진 골짜기마다 풀집을 짓고 대를 이어 낙원을 이루었다.

김중현, 春陽, 106×54.2×(4)cm, 국립현대미술관, 1936.

봉화 사람들은 대대로 농사지어 육신은 고되고 살림은 넉넉하지 않지만, 유학儒學을 몸으로 익혀 집에서 효도하고 밖에 나가서 어른을 공경하고 가문의 명예와 인간의 도리를 지키며 관혼상제의 예를 소중히 여겼다. 시대에 따라 체념하고 산림에 은거하기도 하였지만, 나라가 위기에 처했을 때는 '죽고자 하면 살 것이고, 살고자 하면 죽을 것이라.(必死則生, 必生則死.)'는 의지로 분연히 일어나 목숨을 걸고 외세에 항거하였다.

살기 좋은 낙원일지라도 스스로 지키지 못하면 실낙원失樂園이 된다. 사람이 남을 위하여 자기 목숨을 버리면 이보다 더 큰 사랑이 없나니, 봉화 사람들은 낙원을 지키기 위해 살부령에서 600명이 산화散華하였다.

남한산성에 몰린 임금은 삼궤구고두례三跪九叩頭禮로 목숨을 빌었으나 봉화 사람 홍익한洪翼漢은 항복을 거부하고 죽음으로써 만주 벌판에 삼한산두三韓山斗가 되어 우뚝 섰다.

1728년 이인좌李麟佐의 난이 일어나자, 봉화 사람 권만權萬은 군사를 모으고, 군량으로 곡물〔私穀〕 100여 곡斛을 내어 적진 근처로 가서 관군을 돕고자 창의倡義하였다.

문수산 골짜기 봉성면 와란에 살았던 이만도李晩燾는 1905년 을사조약이 늑결勒約되자 '을사조약' 파기와 오적 처단을 요구하는 〈청참오적소請斬五賊疏〉를 올리고, 1910년 정2품 자헌대부에 올랐으나 8월 경술국치 소식을 듣고 무기력하고 비겁한 처사를 통탄하며, 단식으로 순국하여 봉화군 재산면 명동에 묻혔다.

봉화의 낙원을 꿈꾸던 황윤경은 농민회를 조직하였으나 일제는 이를 적색농민조합운동이라 핍박하여 대구형무소에서 옥고를 치러야 했다. 1935년 형기를 마치고 만주로 떠났던 황윤경은 하얼빈에서 동남쪽으로 120㎞ 떨어진 광활한 황무지에 터를 잡고 일제에 수탈당한 양민들을 모아 송화강물을 끌어들여서 세계적 쌀 생산지역으로 개척하였다.

봉화군은 영남의 최북단으로 면적이 1201㎢로 서울의 두 배에 이르지만, 인구는 3만 4,000여 명으로 인구 밀도가 전국에서 제일 낮다. 봉화는 소나무의 파인트리(Pinetree)와 이상향을 뜻하는 유토피아(Utopia)를 합친 파인토피아(Pinetopia)이다.

파인토피아(Pinetopia) 봉화는 백두대간의 준봉들이 이룬 계곡은 한여름에도 물이 아주 차가운 세계 최남단 열목어 서식지이며, 문수산은 야생동식물 생육의 최적지로서 백두대간 수목원이 조성되었다.

봉화의 태백산사고에서 유네스코 세계문화 유산 《조선왕조실록》을 간직했듯이 백두대간 국립수목원의 시드 볼트(Seed Vault)는 세계에서 유일한 야생식물종자 보관소이다.

유토피아(utopia)는 이상理想이므로 미래 지향적인 언어이다. 세상 사람들은 히말라야 산속의 「라다크」를 '오래된 미래'라 하지만, 개발 정책과 화폐 사용이 도입되면서 「라다크」는 전통적인 마을공동체가 해체되고 있으니, 진정한 '오래된 미래'일 수 없다.

「에덴의 동쪽」 봉화, 선조들이 피 흘려 지킨 낙원에 미래를 대비한 시드 볼트(Seed Vault)를 간직하고 있으니, '오래된 미래' 유토피아(utopia)가 틀림없다.

물을 마실 때는 그 근원을 생각한다는 '飮其水流者懷其源'의 고사가 있듯이, 한강과 낙동강, 내성천의 물을 마시는 사람은 그 근원인 봉화를 생각함이 마땅하다. '飮水思奉化'

시 읊으며 거닐었네

② 에덴의 동쪽

초판 인쇄 2021년 6월 4일
초판 발행 2021년 6월 10일

지은이 | 박대우
발행자 | 김동구
편　집 | 이명숙
발행처 | 명문당(1923. 10. 1 창립)
주　소 | 서울시 종로구 윤보선길 61(안국동)
우체국 010579-01-000682
전　화 | 02)733-3039, 734-4798, 733-4748(영)
팩　스 | 02)734-9209
Homepage | www.myungmundang.net
E-mail | mmdbook1@hanmail.net
등　록 | 1977. 11. 19. 제1~148호

ISBN 979-11-90155-33-5 (13810)

18,000원

* 낙장 및 파본은 교환해 드립니다.
* 불허복제

구룡산
(1,344m)
영월
88
선달산
(1235.9m)
우구치계곡
도래기재
옥돌봉
(1244m)
오전약수관광지
봉황산
(822m)
오전애
농촌체험마을
물야저수지
915
춘양목군락지
국립백두대간수목원
참새골계곡
오록(창마)마을
솔숲캠핑장
청간당
문수산
(1207.6m)
영주·부석면
물야면
물야면사무소
축서사
외씨버선길
이몽룡생가(계서당)
금봉암
북지리마애여래좌상
(국보제201호)
지림사
매봉산
(587m)
천성사
금봉저수지
유곡성지
다덕약수관광지
닭실마을
봉화유기마을
충재박물관
산수유마을
문수골 가재체험마을
봉화읍
36
청암정
봉화군청
석천계곡
석천정사
봉성면
봉화역
버스터미널
은어·송이축제
체험장
봉화보건소
거촌리쌍벽당
918
봉성역
봉성면사무소
바래미전통마을
황전전통마을
송이체험장
도암정
영주
문단역
명호면
청량산비나리마을학교
상운면
상운면사무소
파리봉
(496.9m)
사진찍기 좋은
경관명소
관창폭포
청량산박물관

문수봉
(1515m)
조록바위봉
(1088m)
조림봉
(1054m)
진화산
(1054m)
태백
삼방산
(1176.2m)
면산
(1245.4m)
삼척 가곡면
세계 최남단 열목어서식지
(천연기념물 74호)
청옥산
(1276.5m)
백천계곡
봉화열목어마을야영장
35
910
고랭지채소재배단지
석포면사무소
석포역
석포농협
반야계곡
현불사
석포면
오미산
(1077m)
반야산
(1154m)
청옥산자연휴양림
미슐랭 그린가이드
★길 구간
승부역 가는 길
환상선눈꽃열차
31
고향펜션캠핑
봉화별캠핑장
형제봉
(821m)
홍제사
비룡산
(1130.2m)
영암선개통기념비
승부역
마방캠핑장
봉화솔향가득
서울캠핑장
낙동강세평하늘길
낙동정맥트레일
양원~승부 비경길
양원역
체르마트길
비동역
화장산
(862m)
고선계곡
고선캠핑장
분천리도토마리집
분천리까치구영집
춘양면
옥수천
무진피크랜드
무진펜션캠핑장
봉화구마낚시야영장
청옥야영장
의양리석조여래입상
현동역
광비천계곡
옥방휴게소
소천면사무소
소천농협
대각사
임란의병전적지
소천면
낙동정맥
트레킹안내소
분천
산타마을
청량정사
노루재터널
36
황토테마파크
오록구비
녹색농촌체험마을
청량산
(820m)
창애정
녹동역
구가암
감천
소천메밀꽃단지
율곡관광농원
남회룡계곡
월암산
(608.3m)
임기역
제비산
(917m)
장군봉
(1137m)
풍산류씨재사
미림산
(685m)
933
갈산다술기체험마을
(갈산구곡길)
조산봉
(855m)
우련전분교
봉화터널
재산면
영양터널
재산농협
재산면사무소
영양
이속봉효자각
재산수박재배단지
일월산
(1217m)
동면저수지
청량정사
고인돌(지석묘군)
918
역산봉
(690m)
동면리아배비로자나불입상